QUINCE RELATOS
Y UN NUEVO RELOJ

QUINCE RELATOS
Y UN NUEVO RELOJ

RICARDO ALLER HERNÁNDEZ
MIGUEL ENRIQUE ALONSO
JOSÉ MARÍA FERNÁNDEZ VÁZQUEZ
XUAN FOLGUERA
ROSA GARCÍA CACHÁN
ALEGRA GARCÍA GARCÍA
RICARDO GIRALDEZ
VIVIANA MIRIAM HERNÁNDEZ ALFOSO
EUGENIO LÓPEZ ARRIAZU
JOSÉ LUIS MOLINERO NAVAZO
CARLOS ORTEGA PARDO
ÁNGEL REVUELTA PÉREZ
JOSÉ JOAQUÍN SACHEZ GARCÍA
EDGAR SEGA
ALFONSO VILLAR GUERRERO

e-DitARX
PUBLICACIONES DIGITALES

COLECCIÓN MISCELÁNEA, 6

© de la edición (digital e impresión bajo demanda):
e-DitARX Publicaciones digitales
Avda. Almazora, 83, 4-E, 12005, Castellón de la Plana
Tel.: 964 063 778
editarx@editarx.es
www.editarx.es

Depósito Legal: CS 139-2016
ISBN 978-84-944520-5-5

Una historia no es sólo verdad cuando se narra cómo ha sucedido, sino también cuando relata cómo hubiera podido acontecer

Johannes Mario SIMMEL

Índice

Cantar del cobarde

Carlos Ortega Pardo

Otro cadáver arrojado pretil abajo, abierto en canal como una vaca sacrificada.

Inamovible en mitad del angosto puente de Stamford, un *berserker*, con las dimensiones de un cabestro y hasta el culo de cornezuelo, nos estaba dando brea de la buena. Así que empezaba a apagarse el entusiasmo inicial con que tantos insignes paladines se habían ofrecido a morir por su rey Harold en singular combate con aquella rugiente bestia ensangrentada. Ni que decir tiene que, de los varios galones de sangre que empapaban su abrumadora musculatura desnuda, apenas alguna gota manaba de los escasos rasguños que nuestras más diestras espadas habían alcanzado a infligirle. El resto de la pegajosa pátina que lo cubría, de la rubia cabeza a las pezuñas ciclópeas, procedía en exclusiva de las decenas de cuerpos desmembrados que, amontonados bajo el arco del puente, embalsaban un regato cuyas aguas bajaban ya teñidas de un espantoso escarlata.

Nada más lejos de mi ánimo que acabar como todos aquellos gallardos compañeros de armas. Cabeza gacha, trataba de pasar desapercibido entre los escudos de nuestras hileras cada vez más menguadas. No anida un héroe en mí precisamente, ni maldita la falta que me hace. De hecho, cuando el *huscarle* había venido a reclutarme unas semanas atrás, mi respuesta no había sido sino una cortés invitación a irse al infierno. Estaba demasiado ocupado retozando alegremente con dos de las tres *wifmen* del párroco —la tercera no había cumplido los doce, llamadme raro— como para siquiera contemplar las posibilidades de botín y gloria con que aquel fanático revestido de acero se empeñaba en tratar de convencerme. Así que recurrió a un argumento absolutamente irrechazable: desenvainó su espada y, aplicando la punta de la misma a mis níveas nalgas en pompa con profesional mesura, me conminó a despedirme de mis dos pícaras acompañantes y emprender la marcha hacia la costa sur de esta linda isla y madre nuestra, dónde las huestes del legítimo rey Harold se aprestaban a dar un caluroso recibimiento al Bastardo Guillermo, el pretendiente normando.

Tras varios días sin nada mejor que hacer que mirar hacia un mar vacío de naves enemigas y perder hasta la camisa en infructuosos juegos de dados con mis camaradas —la bellaquería de algunos de los cuales superaba incluso la mía propia—, llegaron del norte preocupantes noticias: quien había desembarcado era el antiguo soldado de fortuna, largo como un día sin pan, y para entonces rey de los noruegos, Harald Haardrada; al frente de un formidable ejército cuyas pretensiones iban más allá de los acostumbrados saqueos con que habían venido incordiándonos desde hacía ya un par de siglos. Porque Haardrada, viejo chivo ambicioso, no se conformaba con su frío trono vikingo, sino que aspiraba también a la corona que recientemente había ceñido nuestro Harold Godwinson.

Tuvimos que levantar el campamento y correr al encuentro de los inesperados invasores, quienes ya habían pateado unos cuantos culos británicos en Fulford. En bonito lío nos había metido nuestro piadoso rey Eduardo yéndose al hoyo sin descendencia. Meapilas de los cojones. Otro gallo —y no extranjero— nos habría cantado si hubiera visitado las estancias de la reina Edith con el mismo fervor con que pisaba las iglesias. Si ya lo dice el refrán, que no se puede estar en misa y repicando.

Una flecha disparada desde nuestra retaguardia hendió el muslo derecho del *berserker,* cuyo diámetro debía de equivaler al del torso de un hombre razonablemente fornido. Dos saetas más nos sobrevolaron para impactar con admirable acierto en su prominente pectoral izquierdo. La reacción de aquella bestia babeante se limitó a un bufido irritado y al manotazo con que se arrancó los tres dardos como si fueran meras astillas. Nuestra maniobra —muy poco deportiva, todo sea dicho—, fue saludada desde la fortificada orilla de enfrente con un sonoro abucheo, acompañado de un diluvio de piedras, hachas y venablos que se llevó por delante a unos cuantos de los nuestros. Entre otros, al locuaz tipo de mi derecha, quien no había tenido tiempo de protegerse tras el escudo, distraído como estaba, glosándome las bondades del hidromiel que se producía en su aldea. Su parloteante cabezota estalló como una sandía al impactar en ella un hacha de doble filo. Jesús.

La decisión de Haardrada de dividir sus tropas tras su victoria en Fulford resultaba, en un guerrero de su experiencia, cuando menos discutible. La estrategia del rey Harold quedaba entonces meridianamente clara: arrollar al vikingo en Stamford Bridge, sin darle tiempo a reforzarse con el contingente que había dejado en Ricall al cuidado de sus barcos. No obstante, aquel *berserker* aparentemente invencible, estaba dando al traste con el plan de solucionar la cuestión noruega por la vía rápida. Hacía ya casi una hora que su hacha del tamaño de un hombre adulto convertía en picadillo a las más laureadas espadas de Wessex, y el rey Harold, cuya escasa paciencia era de todos conocida, empezaba a perder los estribos, hasta el punto de haber llegado a postularse él mismo como oponente para aquel energúmeno. Sólo nos hubiera faltado eso, otro rey muerto sin descendencia legítima —si bien es cierto que le había hecho unos cuantos bastardos a su concubina, la Hermosa Edith, o Edith Cuello de Cisne, según la saga de referencia—, deliciosa criatura a la que me referiré más adelante, pues tanto su belleza como sus prestaciones amatorias sobradamente lo merecen.

Hubiera considerado indudablemente feliz la idea que tuvo mi *huscarle* para salir del atolladero, de no haber incluido en su puesta en práctica a mi cobarde persona. Se trataba de negociar con los mastuerzos de la otra orilla. Ofreceríamos a Haardrada la posibilidad de quedarse con las tierras que había ocupado, aproximadamente un tercio del reino, a cambio de la paz y de que renunciase a sus pretensiones dinásticas. El inminente desembarco de Guillermo el Bastardo y sus huestes en el sur del país suponía una amenaza definitivamente más seria que unos cuantos miles de vikingos ciegos de cornezuelo, hidromiel y saqueo; quienes, atendiendo a todos los precedentes, no tardarían en subirse a sus *drakkars* de regreso al frío hogar para dormir la resaca. Y si no lo hacían, siempre podríamos obligarles una vez hubiésemos devuelto al mar al usurpador normando. La persona idónea para conducir las negociaciones era, según mi agudo *huscarle*, quien estos hechos os relata. O sea, yo, Leof Yeardlea, humilde bardo enrolado a la fuerza en el *fyrd* de Harold Godwinson, legítimo rey de Inglaterra. Y todo porque, el muy imbécil, había dado por hecho que yo hablaba la horrible lengua noruega, en tanto en cuanto descendía de invasores daneses, lo cual es definitivamente matizable. En efecto, mi abuelo llegó a Inglaterra con Canuto, pero ni mucho menos se trataba del guerrero vikingo ávido de sangre que mi *huscarle* había pintado al rey. Era un esclavo hispano que no aprendió ni una maldita runa del idioma de aquellos animales. Un pobre muerto de hambre, tan cobarde como su nieto, que echó a correr como alma que lleva el diablo en cuanto las espadas salieron de sus vainas, nada más saltar del *drakkar* de su amo. Cuando las cosas se tranquilizaron un poco, se aventuró fuera del bosque donde había permanecido oculto varias semanas y no tardó en amancebarse con la hija de un fraile.

Se me llamó a la tienda del rey. Junto a él se encontraban el Witenagemot al completo y la perturbadora Edith Cuello de Cisne, cuyos felinos ojos verdes me estuvieron recorriendo con porfía rayana en el ultraje durante los cerca de diez minutos que malgasté tratando de convencer a aquellas nobles gentes de mis escasas aptitudes para llevar a cabo la labor que me estaba siendo encomendada. Debo reconocer que, dada la premura con que mi *huscarle* me había reclutado para el *fyrd* real, no había tenido tiempo de vestirme con nada más castrense que unas calzas particularmente ceñidas, las que usaba habitualmente de cara a públicos mayoritariamente femeninos, o invertidos —que los había, y no poco—, así que el atento interés de la bella concubina no resultaba fortuito ni caprichoso. Ni que decir tiene, que mi berrinche no conmovió a uno sólo de los *witans,* mucho menos al rey, quien siquiera se quedó con mi nombre —se empeñaba en llamarme *Leax* («salmón», en inglés antiguo)—. De modo que me armaron con una lanza a cuya punta habían atado un pedazo de tela blanca y me subieron a un leño con el que debía atravesar el riachuelo que nos separaba de la horda enemiga. Una vez al otro lado, debía hacerme llevar ante el cafre de Harald Haardrada y persuadirle de una paz que, dadas las circunstancias, le era de todo menos ventajosa. Y todo ello sin hablar una palabra de... lo que fuera que rebuznasen aquellos animales. Naturalmente, mi idea era salir vivo de dichas diligencias, aunque no las tenía todas conmigo, y ya podéis suponer porqué.

Me alejaba de la relativa seguridad de nuestra orilla, usando la lanza a guisa de pértiga para impulsar el inestable leño, cuando me llegó la reconfortante voz de mi *huscarle,* todo él entrañable calidez paternal, deseándome el mayor de los éxitos. Concretamente me amenazó con que, si no lograba llevar a buen término la misión, comparada con lo que me esperaba al regreso, la compañía del *berserker* me iba a parecer la de una monja sin bigote. Este último, por cierto, acababa de partir por la mitad a Kendryek Trent, hijo segundón de un notable de Mercia y caballero errante a sueldo del mejor postor, cuyo historial de victorias había sido intachable hasta la fecha.

Sabido es que los usos de la diplomacia vikinga difieren un tanto de los nuestros, si bien no seré yo, humilde juglar sin más saber que el del tañido de mi cítara, quien entre a juzgarlos. El caso es que, llegado a la otra orilla, y bien a la vista el pacífico blanco de mi estandarte, me fue prodigada una bienvenida regia. Primero recibí una paliza inmisericorde de parte de los centinelas allí apostados. Tras patearme las costillas en respetuoso orden jerárquico del que deduje estaba ante —o bajo las botas de— un oficial y dos números, se me mearon encima. A continuación, encontraron sumamente divertido dejarme a merced de un gigantesco esclavo nubio —su insaciable curiosidad ha conducido al pueblo noruego a hollar las tierras más insospechadas—, de cuyas aviesas intenciones me libró una flecha perdida que muy oportunamente puso punto y final a su vida de invertido impenitente. No queriendo acabar como su malogrado negro, mis receptores decidieron alejarse arrastrándome con ellos, no sin antes darse el gusto de pisotear mi cabeza lo estrictamente necesario para abollarme hasta el barboquejo. El tránsito por el campamento enemigo hasta la tienda de su rey me fue amenizado con vejaciones de todo tipo, entre las que pueden contarse golpes propinados con los más variados instrumentos —creí recibir, incluso, el impacto de una extremidad, no sabría decir si animal o humana, a medio asar—, además de una persistente lluvia de excrementos que me retrotrajo a mis fecundos años de formación artística junto al gran Abeodan de Warwick, maestro de maestros, incomprendido como tantos genios, que acabó sus días colgado de un haya, bajo los muy discutibles cargos de plagio, nigromancia, estupro y sodomía.

Hecho un guiñapo, me introdujeron a empellones en el pabellón real. Tropecé con un perro moloso que dormitaba y con un enano que contaba chistes, y trompiqué hasta caer de bruces frente al trono de viaje en el que descansaban las nórdicas posaderas de Haardrada. El moloso, cuyas dimensiones se aproximaban —si no superaban— a las de mi primera suegra, trató de devorarme con cierta insistencia; afortunadamente, una gruesa cadena firmemente amarrada a uno de los mástiles lo mantuvo a una distancia saludable. No así el enano, que tuvo tiempo de arrancarme el lóbulo de la oreja izquierda de una dentellada, antes de que el benévolo monarca vikingo lo apartara de una certera patada en sus minúsculas pelotas. A continuación repitió la coz; su destinatario fue mi mandíbula esta vez, por si me había quedado con las ganas. Me echó un lapo denso como la confitura de ciruela y regresó a su historiado escabel. Trataba de recuperar la verticalidad cuando, por primera vez en un rato largo, pude entender algo de lo que se me decía —aunque, a grandes rasgos, podía sospechar buena parte del sentido de todo lo escuchado desde mi accidentado desembarco hasta el momento:

—Así que, después de todo, mi poderoso hermanito quiere negociar.

Tostig Godwinson, tercer hijo de Godwin de Wessex, hermano menor del rey Harold y antiguo *earl* de Northumbria, despojado de sus atribuciones por su incompetencia manifiesta y unas irreprimibles tendencias sediciosas, ocupaba un escaño algo inferior —y definitivamente menos labrado— que el de Haardrada. Jugueteaba con las rubias trenzas de una valquiria que tenía sentada en sus rodillas, portadora de un par de excelentes razones para pasarse al enemigo. De haber sabido que aquel traidor empedernido acampaba junto al fuego de Haardrada, muy probablemente mi rey, su Witenagemot, y ese hijo de mil padres del *huscarle,* hubieran pensado en cualquier otro para conducir las negociaciones, en tanto en cuanto el idioma dejaba de ser una barrera. Pero no, ni una pizca de suerte, qué vida más puta.

Expuse las condiciones del rey Harold con la mayor elocuencia posible, teniendo en cuenta mi lamentable estado físico. Tostig, el traidor, se enredaba en una difícil traducción simultánea que acabó por aburrir a Haardrada, quien, como buena parte de sus súbditos, adolecía de una capacidad de atención bastante deficitaria. Éste se puso en pie, agarró por las trenzas a la valquiria de Tostig y la arrastró hasta una recia mesa de roble. Con un manotazo tiró al suelo los dos o tres mapas y la docena de cráneos mediados de hidromiel que la ocupaban. Seguidamente, aupó a la aterrorizada muchachita y se puso a copular salvajemente con ella. Como no se me había indicado lo contrario, proseguí con mi explicación; aunque, entre los aullidos de la chica, los gruñidos deleitosos de Haardrada y la tosca traducción de Tostig, allí no había dios que se entendiese. El vikingo no tardó en cansarse también de la coyunda. Regresó a su trono y me encomendó, por boca de Tostig, transmitir al rey Harold que declinaba cortésmente la oferta. Literalmente, que se metiera sus migajas por aquel flojo culo anglosajón suyo.

Fui conducido de vuelta a mi precario leño y se me devolvió la lanza, de la que desprendí el trozo de tela blanca para vendarme el muñón sangrante que fuese oreja otrora. La romería estuvo exenta de agresiones reseñables esta vez, pues el monarca vikingo había expresado bien a las claras su voluntad de que el mensaje, y por ende su portador, llegasen íntegros a su homólogo británico. Y la voluntad de Haardrada era más que ley, casi palabra de Odín, así que no convenía hacer caso omiso si querían conservarse todos los miembros del cuerpo en su sitio natural. El chaparrón de bosta y hortalizas putrefactas, eso sí, se repitió con la puntualidad y puntería características de guerreros profesionales tan dotados como aquéllos.

Vapuleado y exhausto tras mi visita al campamento enemigo, era incapaz de luchar contra la corriente. Ésta me empujaba inexorablemente hacia los dominios del *berserker,* quien seguía despedazando a los nuestros con cadencia indesmayable. Las orientaciones dadas por su rey respecto a la inmunidad que se me debía, parecían no haberle sido comunicadas con la nitidez necesaria, pues toda vez que llegué al puente, quedando el leño varado en el fondo anegado de cadáveres, aquella bestia rubia a punto estuvo de segar mi oreja sana con un sañudo mandoble lanzado desde el pretil que logré esquivar por muy poco —todavía hoy se me agita el culo cuando recuerdo el acariciador zumbido del acero pasando a escasísima distancia de este viejo rostro que tan admirado fuese incluso al otro lado del Canal.

No me preguntéis el porqué de lo sucedido inmediatamente a continuación, pues sigo sin tener, después de tantos años, respuesta para ello. Nunca fui hombre de pelea, sino de amor y versos. Y un cobarde recalcitrante, para qué negarlo. Si participé en aquellos terribles hechos de armas, no fue sino a la fuerza. El caso es que, movido por algún tipo de instinto inexplicable, levanté la lanza. Ésta atravesó un hueco entre dos de las traviesas de madera que formaban el suelo del puente y prosiguió su camino hasta quedar súbitamente bloqueada. Supuse que se trataba de aquellas mismas traviesas, y digo que lo supuse porque, aterrado, había cerrado los ojos en el preciso instante en que había eludido el hachazo del *berserker,* y no los había vuelto a abrir todavía. Removí la lanza con las pocas fuerzas que aún me quedaban, hasta sentirla de nuevo libre tras un crujido estremecedor que temí fuese el asta al partirse. Tras aquel último impulso, retiré el arma y me acurruqué abrazado a ella con la esperanza de que aquel energúmeno encontrase otra víctima más digna de sus machetazos. Inmediatamente, algo —o alguien— muy pesado, se desplomó en el puente con estrépito. Una sospecha comenzó a formarse en mi maltratada cabeza, una sospecha que no tardé en confirmar cuando una cálida lluvia de sangre y vísceras se filtró traviesas abajo hasta empaparme ¡Había matado al *berserker*! Yo, Leof Yeardlea, el mayor cobarde al norte del Támesis. Una ovación cerrada procedente de nuestra orilla saludó mi hazaña. Los vítores admirados se tornaron estremecedor grito de guerra cuando los nuestros rompieron la formación y atravesaron el puente a la carrera, ansiosos por masacrar a la irritante hueste vikinga.

Fue una gran victoria, todas las sagas lo cantan. Haardrada cayó, la garganta atravesada por una flecha. Similar suerte corrió el traidor de Tostig. Puestos en fuga y perseguidos hasta sus barcos, sólo treinta de los trescientos *drakkars* en que habían llegado, lograron regresar. El resto ardieron, lo mismo que sus tripulantes.

En cuanto al heroico —muy a su pesar— narrador de estas hazañas crueles, no penséis que me vi envuelto en aquella masacre más de lo que ya he relatado. Mi naturaleza irremediablemente miedosa había tenido suficiente acción para una larga temporada. A duras penas logré arrastrarme hasta nuestra orilla. Me quedé un rato tumbado en el limo, arrullado por el fragor de la escabechina al otro lado. Después me encaminé a nuestro campamento. No había un alma, hasta el último escudero se había precipitado a degollar vikingos. Topé con la engalanada tienda real y decidí que me había ganado una copa. Me estaba sirviendo una medida generosa del mejor hidromiel del reino, cuando una voz perezosa, llena de resonancias francamente turbadoras, sonó a mi espalda por sorpresa, provocándome tal sobresalto que dejé caer la copa de oro hermosamente engastada que pretendía llevarme conmigo una vez saciada la sed.

—Por lo que estás haciendo descuartizarían incluso al héroe que acaba de vencer a la bestia del puente.

La Hermosa Edith Cuello de Cisne me vigilaba atentamente, sobre todo mis desgarradas calzas, echada en el tálamo real, a medio vestir —o a medio desvestir, según se mire; y vive Dios que daba gusto mirarla—. No había en sus ojos de gatita en celo el reproche que sus palabras pretendían, sino más bien, una viva curiosidad. Y algo más. El pequeño pie de la real concubina se recreaba en acariciar el jergón sin apartar la mirada, ávida de mis calzas y lo que estas guardaban. Despachó la leve sábana que la cubría. Definitivamente no estaba a medio vestir ni desvestir. Estaba tal como su madre la había traído al mundo, aunque, eso sí, carente de la inocencia que se presupone a un recién nacido, si es que alguna vez la tuvo.

—En ese caso no quiero ni imaginar los infinitos tormentos que me costaría lo que estoy a punto de perpetrar—, repuse acercándome al lecho de mi buen rey Harold. Decidí que aquello también me lo había ganado.

—Vosotros los juglares siempre tenéis respuestas para todo.

Y vaya si las tuve. Cuatro, concretamente. Y ello pese a lo perjudicado que había vuelto de mi excursión al campamento enemigo.

Lo de Hastings, dos semanas después, fue una verdadera lástima. Sucedió que, nada más derrotar a Haardrada, y casi sin tiempo para lamernos las heridas, llegaron por fin noticias del sur. Guillermo el Bastardo había desembarcado en Pevensey, y…

(Fin del fragmento conservado).

GLOSARIO

Berserker. Guerrero vikingo excepcionalmente fuerte, que combatía semidesnudo bajo cierto trance de perfil psicótico, casi insensible al dolor.

Earl. Título nobiliario equivalente a la dignidad de conde. Es el rango inmediatamente inferior al de marqués y designa a los gobernadores de los *shires* o condados del Reino Unido.

Drakkar. Embarcación que data del período comprendido entre los años 700 y 1000. Fue utilizada por escandinavos y sajones en sus incursiones guerreras. Fueron el mayor exponente del poderío militar de los escandinavos, que los consideraban como su más valiosa reliquia.

Fyrd. En tiempos de los anglosajones, era un ejército formado por hombres libres, movilizados para defender su comarca o para unirse a una expedición real. El servicio en el *fyrd* solía tener poca duración y los soldados debían aportar sus propias armas y provisiones.

Huscarle. Tropa especial encargada de la defensa personal de los reyes escandinavos durante la Edad Antigua y el Medievo, análoga a las guardias reales de otros lugares, como los pretorianos en la antigua Roma. Los *huscarles* fueron introducidos en Inglaterra a la conquista de ésta por el rey danés Canuto el Grande en 1016. Tras recuperar su independencia, los reyes sajones conservaron el servicio de los *huscarles*. Su ocaso llegó con la derrota sajona en la batalla de Hastings (1066).

Valquiria. En la mitología nórdica, deidades femeninas menores que servían a Odín. Su propósito era elegir a los más heroicos de los caídos en combate y llevarlos al Valhalla.

Wifman. Pl. *wifmen.* Mujer, en inglés antiguo.

Witan. Cada uno de los integrantes del Witenagemot.

Witenagemot. Institución política de la Inglaterra anglosajona que estuvo en vigor entre los siglos VII y XI. Era la herencia de las antiguas asambleas tribales que después se convirtieron en consejos, donde se reunían las personas más importantes de la zona, entre las cuales se encontraban obispos, abades, nobles y consejeros del rey.

CRÓNICA DE UNA VENGANZA

Edgar Sega

Al alba…

El viejo Teopolo miró hacia el sur, por encima de la loma que se interponía entre ellos y el fuerte de Galípoli —a dos millas de distancia—, pero sólo vio el cielo; ni rastro del enemigo. La espesa bruma que les había acompañado durante la noche desaparecía con lentitud, encaramándose por la ladera del monte, mientras tenues reflejos solares despuntaban por detrás de él. El veterano soldado griego tenía la extraña sensación de que la batalla que se avecinaba iba a ser muy diferente a todas en las que había participado, y trataba por todos los medios de hacérselo entender a quiénes tenía cerca. Poco a poco, éstos fueron apartándose de su lado hasta que solo quedaron dos jóvenes reclutas que habían visto el pellejo de vino que guardaba, y abrigaban la esperanza de que, a la que empezara el frío, echaría mano de él. Pero ya estaba amaneciendo y no lo había descorchado ni una sola vez.

Teopolo notaba en los chicos un sentimiento de superioridad —no en vano, el ejército que había reunido el coemperador constaba de treinta mil soldados de infantería y ocho mil caballeros, mientras que el del enemigo no superaba los dos millares, entre infantes y hombres a caballo—, pero él, que ya se había enfrentado antes a los almogávares de la Compañía Catalana de Oriente, no las tenía todas consigo.

—Ja, ja, ja —se mofaron los dos infantes.

El veterano le dio un guantazo en el cogote al que tenía más cerca. El joven lo miró con cara de pocos amigos, pero no osó revolverse.

—¡Si hubierais estado como yo ese día en Adrianópolis —estalló el viejo—, no afirmaríais eso tan alegremente!

—Pero, ¿cuántos debe haber allí dentro? ¿Tres mil?

—Sí, y uno de ellos vale por diez de cualquiera de este ejército.

El otro, disimuladamente, estaba alargando la mano hacia la bota de vino. Teopolo alzó el cuchillo.

—Si tocas eso, te corto el brazo.

—Vamos viejo, ya sabes que hace meses que no nos pagan. Lo único que llevo en el gaznate es agua del rio. ¡Si hasta meo transparente!

—Os estoy haciendo un favor, desgraciados. Más vale que afrontéis la batalla serenos si no queréis que os degüellen. Esos almogávares son malas bestias: se aparean con sus hembras en plena batalla, y a los nueve meses esas puercas alumbran a sus criaturas durante otra batalla. Y los frutos de sus semillas, nacidos en sangre, son hijos de la guerra. El olor a muerto —dijo arrojándoles su fétido aliento—, es algo que ya no olvidarán jamás, y les convierte en demonios capaces de matar a un hombre a la que tienen fuerzas para sostener un cuchillo. ¿No me creéis? —preguntó al ver sus rostros de incredulidad—. Dejadme que continúe contando la historia.

»El día de la masacre fue cuando me di cuenta cómo es el enemigo al que nos enfrentamos. El coemperador Miguel había organizado un banquete en el palacio en honor al senescal de la Compañía y césar del Imperio, Roger de Flor, y los adalides que acudieron con él a Adrianópolis; para honrarles por sus victorias en nombre del emperador Andrónico. Entonces, a medio festín, entraron los alanos para asesinarlos…

—¿Asesinarlos? —le interrumpió uno de los infantes—. Eso no es lo que se cuenta. La muerte vino por una afrenta que el césar hizo a la esposa del coemperador, cuando se presentó en sus aposentos.

—Yo no sé nada de una afrenta, sólo sé que estuve allí y vi con mis propios ojos lo que ocurrió en realidad: fue una encerrona. Mientras todos disfrutaban de los manjares ofrecidos por Miguel, con los almogávares más borrachos que una cuba, entraron los alanos, armados hasta los dientes y diez veces mayor en número que todos los catalanes allí reunidos.

»No olvidemos que al llegar a la ciudad, esos salvajes habían depuesto sus armas por respeto a la voluntad del coemperador. ¡Ay!, pero si hubierais visto cómo se defendieron con lo que tenían a mano…. Bloqueaban las espadas con platos y bandejas, y herían a sus enemigos con cuchillos y tenedores. ¡Presencié cómo uno de esos cabrones degollaba a su oponente sólo con una cuchara!

Teopolo notó cómo, desde el oeste, en la otra punta, el gran campamento empezaba a movilizarse.

—¡Vamos, a vuestros puestos! —les ordenó el capitán de su tropa.

—¿Por dónde iba? —prosiguió mientras cogía sus armas y se dirigía hacia allí seguido de cerca por los dos reclutas—. ¡Ah, sí! El banquete. Nunca había visto tanta brutalidad en unos hombres, y realmente pasé miedo, pues temía que acabaran ganando la batalla. Pero no ocurrió nada de eso. Cuando el capitán de los alanos, beneficiándose del caos que rodeaba todo, llegó hasta el césar y le dio muerte, la voluntad de sus adalides se quebró, y fue como si ellos mismos hubieran recibido la estocada mortal. Aun así, siguieron luchando con bravura, retrasando lo inevitable. Bastante hicieron armados únicamente con cubiertos de comer.

Cuando llegaron a las posiciones de vanguardia, el ejército bizantino ya estaba desplegado frente a la loma, dispuesto para la batalla: a la derecha se colocaron los turcoples con su capitán Humbertopoulus al frente; junto a ellos, los alanos y su capitoste, Boesilas; y a la izquierda los griegos, capitaneados por Nostongos Ducas, el senescal de ese gran contingente. Era una estrategia inteligente; de ese modo, los alanos quedarían en el centro del ejército, entre ellos y los mercenarios turcos.

«Nunca me he fiado de estos miserables —pensó el griego—, pero, si van a luchar junto a nosotros, es mejor tenerlos en el medio que a uno de los flancos».

—Después nos ordenaron acabar con todos los catalanes y aragoneses que se encontraban en la ciudad, comerciantes y viajeros incluidos —continuó hablando el viejo soldado—. Fue una cacería, pues eran muchos menos y, la mayoría, también desarmados. Solo tres caballeros de la Compañía Catalana lograron escapar con vida de Adrianópolis. Tan bien se defendieron en lo alto de un campanario a las afueras que el propio Miguel, impresionado por su bravura, les concedió el indulto y permitió que se reunieran con los suyos.

—Roger y sus capitanes lo tenían bien merecido —replicó uno de los jóvenes—. Se habían pasado de la raya saqueando decenas de ciudades, matando a los hombres y violando a las mujeres.

—Pero eso son cosas propias de la guerra, bien lo sabéis vosotros

25

—dijo Teopolo guiñándole un ojo—. En cambio, matar a un invitado cuando esta bajo tu techo, es la peor de las vilezas posibles. Tienen bien merecida la venganza que se están cobrando.

—Parece que apruebas los ríos de sangre que han vertido desde ese día —comentó el recluta mirando a sus espaldas con disimulo.

—Cuidado lo que dices, viejo —advirtió el otro joven—, si son otros los que te escuchan, tal vez te pasen por el cuchillo.

—Yo no justifico sus actos —rectificó el veterano con la voz ligeramente temblorosa—, solo os lo advierto para que tengáis cuidado.

Justo al acabar la frase, en lo alto de la loma, aparecieron cientos de cabezas de ganado que comenzaron a descender por la ladera.

—Ja, ja, ja —rió uno de los infantes—. Este viejo aquí cagándose de miedo y esos salvajes ya han puesto pies en polvorosa.

—Cobardes, pues si han dejado el ganado para navegar más deprisa —intervino el otro—. Seguro que sus barcos ya han arribado a Lesbos.

Los mercenarios alanos, que, igual que el resto de soldados, hacía semanas que no recibían pago alguno, fueron los primeros en romper la formación al acudir raudos a apoderarse de los animales que tan alegremente descendían por la loma.

—¡Ja! —se mofó Teopolo—. En seguida se ve quién es hombre de honor y quién mercenario.

—Entonces yo no seré hombre de honor, pues no pienso permitir que esos muertos de hambre me roben el botín —dijo uno de los infantes, arrancando a correr hacia la loma.

Teopolo instó al otro a que permaneciera junto a él, mientras la llanura iba llenándose de soldados —la mayoría, alanos y turcoples— que iban al encuentro del ganado. El joven hizo caso omiso y echó a correr tras los pasos de su compañero.

—Imbéciles —masculló—, me encargaré de que seáis ajusticiados.

Mientras los capitanes dedicaban toda clase de amenazas e improperios a los que habían roto la formación, su instinto le hizo levantar la vista hacia la cima del monte para ver cómo el cielo anaranjado, que hasta ese momento asomaba liso cual filo de una navaja, adquiría un relieve más abrupto. Primero aparecieron cientos de picos de lanza e, inmediatamente después, cabezas humanas desprovistas de yelmos, seguidas de cuerpos poderosos recubiertos de pieles de animales. Con el reflejo del sol a sus espaldas, formaban una oscura masa que, fusionada a la loma, transformaba su cenit en una accidentada sierra. El griego juzgó que no serían más de mil quinientos, con los jinetes a su derecha y los hombres de a pie —unos mil doscientos— a su izquierda.

«Cómo nubla la razón de los hombres el miedo —pensó—. Los informadores hablaban de no menos de tres mil catalanes entre los muros de Galipóli».

Cuando todos los almogávares estuvieron dispuestos sobre la loma, la única línea que formaban se rompió, entre jinetes e infantes, para que su senescal, montado en un gran caballo de guerra, avanzara unos metros. Con una voz tan poderosa que traspasó la distancia que lo separaba de los bizantinos, pronunció:

—¡*Desperta ferro*[1]!

—¡*Desperta ferro!* —tronaron al unísono como respuesta las voces del resto de la Compañía.

Entonces, griegos, alanos y turcoples vieron cómo de las puntas de sus lanzas y de los filos de sus espadas surgían llamas demoniacas que iluminaron sus rostros barbudos y fieros.

—¡*Desperta ferro!* —repetían mientras sus armas escupían fuego sin cesar—. ¡Matar! ¡Matar! ¡Matar!

Teopolo captó un murmulló a sus espaldas y al girarse vio cómo los soldados se apelotonaban al intentar retroceder.

—¡Aguantad firmes! —ordenó Nostongos Duncas desde la retaguardia.

El senescal almogávar les apuntó con su espada desde la cima de la loma, al tiempo que su caballo se encabritaba, y gritó:

—¡Por Sant Jordi!

—¡Por Sant Jordi! —respondió su hueste al tiempo que sus armas dejaban de arrojar llamas, arrancando a correr ladera abajo.

Los primeros con los que se toparon fueron los cientos de mercenarios y griegos que habían roto la formación al caer en su ardid. Ninguno presentó batalla, sino que huyeron en dirección contraria hasta que fueron alcanzados. Los almogávares pasaron sobre ellos como quien aplasta una cucaracha. Teopolo creyó distinguir entre los

---

1 «Despierta hierro», el lema de los almogávares.

que morían pisoteados por los cascos de los caballos a los jóvenes con los que había pasado la noche de cháchara.

Los inquebrantables guerreros provenientes del reino de Aragón continuaban su avance, sin importar que el ejército que tenían enfrente les superara treinta a uno en número. Parecía que habían decidido abrazar a la muerte como única escapatoria posible al atolladero en el que estaban metidos.

Teopolo, poco antes de que ambos contingentes chocaran, recordó los rostros de la familia de comerciantes que ejecutó sin compasión en Adrianópolis, el día que asesinaron a Roger de Flor.

«Podéis cobraros vuestra venganza conmigo por lo que hice, hijos de mil demonios, pero sabed que no os la venderé barata», pensó mientras se le echaba encima, implacable, esa mole de odio, músculos y acero que formaba el ejército de los almogávares.

El ocaso anterior...

Los centinelas apostados sobre las murallas de Galípoli descubrieron a un hombre que se dirigía hacia ellos. Le dieron el alto justo antes de percatarse de que era Juan, un miembro de la cuadrilla que había salido esa misma mañana a explorar los alrededores. Fue conducido hasta Ramon Muntaner, que era el gobernador de la villa, a quien explicó que él era el único superviviente de dicha cuadrilla, emboscada por una tropa griega cuando regresaban con información importante: un gran contingente del ejército del coemperador Miguel estaba acampado a no más de dos millas de allí, dispuesto a asaltarlos al despuntar el sol.

—Bueno —comentó Bernat de Rocafort, caballero valenciano y actual senescal de los almogávares, llegando en ese momento—, ya lo han intentado otras veces. Y siempre los hemos repelido.

—En esta ocasión será distinto —argumentó Juan—, pues en esa llanura hay, al menos, treinta mil infantes y ocho mil caballeros.

Rocafort y Muntaner no pudieron disimular su incredulidad, pero cuando el explorador lo juró por el mismísimo Sant Jordi, patrón de los almogávares, no tuvieron más remedio que creerle.

—Y ese traidor de Miguel, ¿está entre ellos? —preguntó el senescal apretando el puño.

—No, ha establecido su campamento ochenta millas al noroeste, en Pamphylia.

—¡Maldito cobarde! —exclamó Muntaner.

—Está bien —dijo Rocafort—. Ahora ve a descansar y reponer fuerzas; las necesitaras.

El senescal y el gobernador se reunieron junto a los pocos adalides que quedaban de la Compañía Catalana de Oriente con la intención de acercar posturas, para que la discusión con el resto de la tropa no se convirtiera en una algarabía de insultos y amenazas. Una hora después de la caída del sol, salieron del departamento de Muntaner y Rocafort se dirigió a la hueste, agrupada en la gran plaza que había en el centro de la fortaleza, la misma que había sido testigo del sacrificio de todos los vecinos de Galípoli tras la masacre de Adrianópolis.

—Allí afuera —dijo Rocafort señalando al norte cuando cesó el griterío— hay cuarenta mil soldados esperando para invadirnos. —Se escuchó algún que otro murmullo como única respuesta—. Sí, es un gran ejército —corroboró al ver el desasosiego en los semblantes de sus hombres—. Y también sé que muchos pensáis que la sangre derramada por esos traidores es un castigo justo por lo que le hicieron a Roger de Flor y a nuestros hermanos —continuó, arrancando vítores entre ellos—. Pero no podemos permitir que nuestra venganza termine aquí.

—¿Quién habla ahora? —interrogó Guifré Desclós a su inseparable camarada, Arnau Llançà, que escuchaba atentamente el discurso de su senescal.

—¡Calla! —protestó éste—. Rocafort —añadió después compareciéndose de su amigo, sordo del oído izquierdo desde que perdiera dicha oreja en la trifulca contra los genoveses, un par de años atrás.

Fue en Constantinopla, durante los preparativos de la boda de Roger de Flor con la sobrina del emperador Andrónico Paleólogo, María Asen, princesa de Bulgaria; enlace que le sirvió para conseguir el título de megaduque del Imperio de Oriente. Guifré paseaba por las calles de dicha ciudad cuando se topó con un par de caballeros genoveses que se mofaron de su aspecto: vestiduras de piel, polainas de cuero, cabellos lagos y poblada barba. El infante, que como el resto de los almogávares, estaba terriblemente aburrido por los largos días de inactividad anteriores, resolvió finiquitar la disputa emprendiéndola a golpes contra sus burladores. Uno de los genoveses, ofuscado por el hecho de que ese salvaje estuviera venciendo a dos caballeros de noble cuna, echó mano a la tizona para acabar con tamaña ofensa. Guifré, sospechando que la cosa podía acabar mal, desenvainó su *coltell*[2] y lo degolló sin mediar palabra. El otro genovés también intentó desenfundar su espada, pero el catalán fue mucho más rápido y arremetió contra él, propinándole un terrible corte entre el omóplato y el cuello, que dejó el brazo de su contrincante colgando de un fino jirón de piel. Cuatro genoveses que salían de una taberna en ese momento vieron la carnicería que se estaba perpetrando en plena calle, justo delante de ellos, y atacaron a Guifré. Un golpe por la espalda es lo que acabó con su oreja izquierda sobre los adoquines de la calle. Arnau, que no andaba demasiado lejos, llegó a tiempo para impedir el envite de otro enemigo, asestándole un tajo desde el hombro hasta la cadera contraria, esparciendo sus tripas por el suelo. En menos de medio minuto, los seis genoveses yacían muertos o malheridos a pies de los dos catalanes. Alertados por los gritos que originó la trifulca, almogávares y genoveses acudieron por igual a la zona donde se había originado la batalla, que iba agrandándose por momentos.

—¡A Pera —la cuna de los genoveses en Constantinopla—, a Pera! —gritaban los almogávares, sedientos de sangre, a medida que la batalla se decantaba por su lado.

Los ecos de dicha amenaza llegaron hasta el palacio del emperador Andrónico, quien tuvo que pedir a Roger que pusiera fin a tal despropósito, pues allí era donde los avaros banqueros de Génova guardaban la mayor parte de los tesoros de Constantinopla. Si los mercenarios de la Corona de Aragón conseguían hacerse con ellos, arruinarían al Imperio de Oriente. Antes de que eso ocurriera, Roger le propuso un trato: él detendría la batalla si el emperador les permitía cruzar el Bósforo para frenar el avance de los turcos en la península de Anatolia.

---

2 El arma principal de los almogávares, un cuchillo largo y ancho parecido al de los carniceros, pero más ligero.

—No es buena idea oponerse al festín de sangre de los almogávares cuando éste ha empezado; ni yo mismo sería capaz —argumentó entonces el bravo senescal de la Compañía Catalana—. A no ser, claro, que les prometa partir hacia gestas mayores.

A Andrónico no le hacía demasiada gracia perder de vista a los temibles mercenarios pero, entre la espada y la pared, no tuvo más remedio que ceder. Así fue como Roger de Flor consiguió acabar con la carnicería de Constantinopla por una parte —no antes de que se cobrara la vida de tres mil genoveses— y, gracias a su flamante victoria frente a los turcos en Anatolia, hacerse con el título de césar del Imperio de Oriente por la otra.

—¿Y qué dice Rocafort? —inquirió Guifré.

—Que no podemos huir ahora, que sepan cómo respondemos a nuestras afrentas los catalanes.

Si bien en la Compañía, aparte de catalanes, también había un buen número de guerreros de otras tierras —aragoneses, valencianos, mallorquines, sicilianos e incluso turcos—, sus miembros se dirigían a ellos mismos como catalanes porque fue allí donde nacieron los almogávares, el cuerpo de infantería de esa formidable tropa.

—Y que no nos olvidemos de lo que le hicieron a Guillem y Pero —concluyó Arnau.

Guillém de Siscar y Pero Llopis eran dos adalides de la Compañía que acudieron al palacio de Andrónico, en calidad de embajadores, para declararle la guerra formalmente tras el asesinato de Roger. El emperador, con un claro desprecio a las normas bélicas de la época, les obsequió con una brutal muerte a traición junto a un séquito de veintisiete almogávares en Rodosto, cuando regresaban hacia Galípoli al encuentro de sus compañeros.

—¿Y qué coño dice ahora?

—Nos pide que salgamos a batallar mañana —respondió Arnau posando la mano sobre el mango del *coltell* que colgaba de su cinturón—. Propone ir a su encuentro; al alba.

—Ya era hora —celebró Guifré—. Estoy harto de esperar aquí encerrado. ¿Y ahora, qué dice?

—No lo sé, gírate hacia allí y escúchalo tú mismo —se desesperó su amigo.

—Si me doy la vuelta no te oigo a ti. —Los dos infantes rieron a carcajadas—. ¿No es Muntaner el que habla?

—Así es. Está de acuerdo con Rocafort y pide nuestro apoyo.

—¡Matemos a esos perros! —vociferó Guifré uniéndose a unas cuantas voces que reclamaban lo mismo.

Una acalorada discusión sobre qué debía hacerse se originó en la plaza, ya que no todos estaban de acuerdo con Rocafort y Muntaner. Había un grupo muy numeroso, partidario de navegar hacia Mytilene, en la isla de Lesbos, para replegarse y atacar con más fuerza en el futuro, si finalmente llegaba la ayuda de la Corona de Aragón.

—¿En serio? —se exaltó Arnau, discutiendo con otro almogávar que apoyaba esa postura—. Como cuando vino Sancho de Aragón desde Sicilia para auxiliarnos. Se llevó nuestras provisiones y huyó dejándonos en la estacada. ¡Que se jodan esos cabrones!

El debate alcanzó tal dimensión que las palabras dejaron paso a la violencia y se desenvainó algún que otro cuchillo. Por suerte nadie resultó malherido, y finalmente la opinión del senescal y del gobernador fue la que se impuso. Decidieron que se enfrentarían al ejército de Miguel en campo abierto y, para asegurarse de que nadie tuviera la tentación de hacer lo contrario, se ordenó agujerear los cascos de los barcos que había en el puerto.

—¿Cómo? —exclamó Guifré no muy seguro de haberlo entendido bien.

—Lo que acabas de escuchar: que saboteemos nuestros propios barcos. ¡Bah! —espetó Arnau—. Menuda tontería. ¿Y si los necesitamos más adelante?

—¿Necesitarlos? —preguntó su amigo—. ¿Acaso crees que regresaremos de la batalla? ¡Ja! Nos llevaremos por delante a unos cuantos griegos, de eso estoy seguro, pero creo que después de mañana habrá acabado nuestra venganza.

—Y por Sant Jordi que esos cerdos la habrán pagado cara.

En ese punto se dio por finalizado el debate. El propio Muntaner comandaría el grupo que acudiría al puerto a barrenar las galeras, y Arnau y Guifré, presentándose voluntarios, formarían parte de él, pues nunca podían dormir la noche antes de una batalla.

Al despuntar el sol...

Cuando regresaron del puerto, se encontraron con que el resto de la Compañía ya estaba preparada para el avance. En total eran mil doscientos cincuenta y seis infantes y doscientos seis jinetes. Muy pocos para salir victoriosos, pero suficientes para morir con honor junto a un buen puñado de bizantinos.

Arnau y Guifré se ataviaron con la indumentaria típica de combate almogávar —protecciones de cuero, mucho más ligeras que las aparatosas armaduras de los caballeros; una azcona, la lanza corta que arrojaban a sus enemigos poco antes del primer encontronazo; dos pequeños dardos; y el afilado *coltell*— y se unieron a sus compañeros.

Cuando el reflejo del sol asomaba por detrás de las murallas del este, Rocafort ordenó a unos pastores de la zona que se adelantaran, dirigiendo a los animales que había en el fuerte con la intención de soltarlos justo delante de los griegos. De esta manera pretendía debilitar la línea de vanguardia enemiga si los soldados, entre ellos muchos mercenarios, decidían romperla para apoderarse de ellos.

Una vez partieron los pastores, los almogávares salieron justo detrás, con Rocafort y Muntaner al frente. Junto a ellos cabalgaban tres caballeros, los únicos de orden —aparte del senescal y del gobernador— que quedaban en la Compañía, y Guillem de Tous, hijo de caballero y uno de los tres supervivientes de Adrianópolis; portando una bandera distinta cada uno: Guillem Peris de Caldes llevaba las cuatro barras de la Corona de Aragón; Fernando Gorín sostenía el águila negra, señal de Sicilia; a Ximeno de Alber se le encomendó la cruz roja sobre fondo blanco —emblema de Sant Jordi— que alzaba con gran orgullo; y Bernat de Rocafort quiso que el escudo de su casa lo portara el valeroso Guillem de Tous. Aunque ya hacía tiempo que la Compañía había renegado de Aragón y de Sicilia —llegando a crear un estado errante independiente—, decidieron presentarse a la batalla con las cuatro barras y el águila negra para infundir temor a sus enemigos, como si todo el reino caminara junto a ellos.

Al llegar a la falda del pequeño monte que los separaba de sus enemigos, la columna de almogávares que iba tras los seis caballeros fue extendiéndose horizontalmente cuan larga era la loma —los hombres a caballo hacia la izquierda y los infantes a la derecha—, formando una sola línea de guerreros.

Al coronarla se encontraron con que delante, a no más de trescientos pasos de distancia, les esperaba el imponente ejército griego. El ancho de la llanura no permitía que el frente fuera de más dos mil hombres; así que el resto aguardaba detrás: veinte filas de soldados que formaban una columna inacabable, cuya visión hubiera quebrado la voluntad de cualquiera. Pero no la de los almogávares. Ellos, al ver tantos enemigos juntos, no sintieron más que odio y ganas de acudir a su encuentro.

A medio camino entre tan descompensadas fuerzas, vieron medio millar de reclutas bizantinos que habían caído en la trampa de Rocafort, arrancando sonoras carcajadas entre los almogávares. Después, el propio Rocafort avanzó unos metros, señal para que sus hombres sacaran el trozo de pedernal, que apretaron fuertemente con la mano contraría con la que esgrimían el arma, y, como era costumbre al inicio de cada batalla, pronunció el lema que los unía.

—¡*Desperta ferro!* —gritó con voz poderosa.

—¡*Desperta ferro!* —respondió su hueste al tiempo que golpeaban los pedernales contra sus armas, algunos contra el *coltell,* otros contra la azcona; produciendo vivas chispas.

—¡Matar, matar, matar! —gritaban sin dejar de rasgar la piedra contra el metal, envalentonándose al tiempo que las armas escupían fuego, comprobando cómo sus enemigos reculaban. No llegó a ser una retirada formal, simplemente retrocedieron dos pasos para atrás, pero fue suficiente para que Rocafort diera la orden de atacar.

—¡Por Sant Jordi!

—¡Por Sant Jordi! —bramó su ejército, arrancando a correr ladera abajo al encuentro de los pobres desgraciados que habían quedado abandonados en tierra de nadie.

Cuando llegaron a su altura, ni siquiera tuvieron que librarse de las azconas —arma que dominaban hasta tal punto de acertar a un enemigo a una veintena de pasos en plena carrera—; simplemente los ensartaron por la espalda durante su avance, mientras que los jinetes se limitaron a pisotearlos con sus monturas.

Poco antes de que ambos ejércitos chocaran ocurrió algo extraordinario: el grueso de soldados que ocupaban posiciones de vanguardia en la hueste bizantina se giró e intentó huir, arrollando a los soldados amigos que tenían tras de sí. De esta manera, cuando los almogávares estuvieron frente a ellos, la mayoría de sus oponentes les daban la espalda. Un segundo después de eso, se produjo la carga. Fue tan potente que la Compañía penetró en el ejército del coemperador como un cuchillo en la mantequilla, partiéndolo por la mitad. El ruido que provocó llegó a oírse desde Galípoli, y los que allí quedaban pensaron que la fortaleza iba a venirse abajo.

Los almogávares, grandes guerreros, conocían su oficio a la perfección, y éste no era otro que matar; en el caso que les ocupaba —siendo su número tan inferior al del enemigo—, lo más deprisa posible. Gracias a que apenas llevaban protecciones que impidiesen sus movimientos, esquivaron con agilidad los envites de los bizantinos y consiguieron colocarse muy cerca de ellos; tanto que éstos, recubiertos con aparatosas armaduras, no pudieron más que ver cómo introducían violentamente, pero con habilidad, sus toscos cuchillos entre los yelmos y las corazas, o entre los huecos de las articulaciones, degollando a los más afortunados y desmembrando a los desgraciados. Tal era la forma de batallar de los almogávares de la Compañía Catalana de Oriente.

Los jinetes griegos que consiguieron mantener de frente sus monturas corrieron una suerte parecida a los hombres de a pie: los que no murieron por tizona de caballero, lo hicieron por *coltell* almogávar, pues éstos se metían entre los cuartos de los equinos y les rajaban las panchas. Una vez muertos los caballos, sus jinetes, desde el suelo, poco podían hacer contra los poderosos mercenarios.

Al abrirse por la mitad el contingente bizantino, unos cinco mil griegos quedaron aislados entre los almogávares y la costa de Galípoli. La Compañía también se separó en dos: los jinetes y la mayoría de los infantes siguieron batallando contra el ejército principal y el resto, capitaneados por Ximeno de Alber, arremetieron contra los aislados, obligándoles a huir hacia el mar. El camino que conducía hasta allí, un intrincado pasaje secundado por rocas enormes, provocaba que los griegos se apelotonaran en las partes más estrechas —algunas de menos de cinco metros de anchura—, momento que aprovechaban los catalanes para acabar con los que se quedaban atascados. Solo unos pocos griegos osaban darse la vuelta para defenderse, y el horror que presenciaban nublada su razón hasta el punto de creer que el bravo caballero aragonés que comandaba a sus instigadores —sosteniendo la bandera del patrón de los almogávares, tan manchada de sangre bizantina que la cruz roja apenas se distinguía del fondo—, era el mismísimo Sant Jordi. Aunque muchos de ellos murieron en ese pasaje sin ni siquiera poder defenderse, otros tantos consiguieron llegar a la costa, poniéndose a salvo sobre los barcos.

Pedro Gori, el almocadén de una cuadrilla valenciana, se dirigió al resto de almogávares, señalando las galeras que zarpaban del puerto.

—¡Dejadlos, dejadlos que huyan! Se han ganado la vida en buena lid —gritó carcajeándose.

Algunos griegos, sin entender el motivo de sus mofas, y cuando las embarcaciones estuvieron lo suficientemente lejos, se burlaron de ellos, haciendo gestos obscenos e insultándolos.

—¡Sucios! ¡Mirad si sois inútiles que siquiera habéis puesto guardias para proteger las embarcaciones!

Los almogávares, a su vez, seguían riéndose de ellos, y los griegos, tomándolos por idiotas, desconocían cómo podían estar tan contentos habiendo perdido el único medio que tenían para huir de la península. Pero en seguida, sus rostros risueños se amargaron al escucharse desde las bodegas de algunos barcos: «¡Agua, agua!». Los griegos empezaron a movilizarse, pero ya era tarde: no había manera de detener el sabotaje al que habían sido sometidas las galeras. A cien pasos de la costa empezaron a hundirse, mientras los almogávares se revolcaban por el suelo.

—Ahora qué —decían sosteniendo sus miembros viriles, mostrándoselos a sus enemigos mientras presenciaban cómo se ahogaban.

Algunos de ellos consiguieron llegar hasta la costa, reclamándoles piedad. Y podría decirse que la encontraron, pues no recibieron una muerte cruel: fueron degollados rápidamente, tiñendo de rojo el Mediterráneo.

Mientras tanto, en la planicie donde se desarrollaba la batalla principal, los almogávares estaban haciendo retroceder al enorme ejército bizantino palmo a palmo.

—¡Vamos! —animaba Arnau a Guifré. Su compañero apenas podía oírle pues, como era costumbre cuando luchaban, al menos desde lo de los genoveses, Arnau estaba situado a su izquierda, protegiendo su flanco sordo.

Los dos amigos habían comentado en más de una ocasión que lo único necesario durante una batalla era un *coltell* afilado y un buen capitán por el que matar a sus enemigos. En ésta podían felicitarse de poseer ambas cosas, pues Rocafort marchaba el primero de ellos, cabalgando sobre sus enemigos, blandiendo la espada a diestro y siniestro.

—¡A por ellos, a por ellos! —bramaba el valeroso senescal—. Que prueben el sabor de la venganza catalana.

Los almogávares hicieron retroceder a los griegos hasta una pequeña montaña, en cuya cima aguardaba el contingente de retaguardia enemigo, donde se había replegado para intentar detener la acometida de los mercenarios del otro extremo del Mediterráneo.

—¡Arriba! —envalentonaba Rocafort a los suyos dejándose llevar por la emoción.

—Aguardemos —le aconsejó Muntaner cabalgando hasta su lado—. Un instante para coger aire y esperar a Ximeno.

Rocafort miró hacia la costa y vio aparecer la bandera de Sant Jordi entre las rocas, completamente teñida de rojo.

—Alto —ordenó a sus hombres—. Por allí vienen Ximeno y los suyos, aguardaremos a que lleguen. Mientras tanto, quien no tenga una azcona a mano que se haga con una.

Arnau y Guifré corrieron hasta una lanza que atravesaba a un turcople muerto a pocos pasos.

—Déjamela a mí —dijo Arnau—. Tengo más puntería que tú.

—Está bien —aceptó Guifré—. Pero cuando la sueltes apártate de mi camino. Allí arriba mi *coltell* no hará diferencias.

—Bien que lo sé, amigo.

Diez minutos después, Ximeno y el medio centenar de almogávares que venía con él se reunieron con el resto de la Compañía. La hueste formó paralela al borde de la montaña, dispuesta a acometer en cuanto Rocafort diera la orden.

En ese momento, entre los bizantinos quedaban más de cuatro mil caballeros y veinte mil hombres, muchos menos que al principio, pero de todos modos muy superiores a los almogávares. Si conseguían mantenerse firmes sobre la montaña, podía significar el fin de la Compañía Catalana de Oriente.

—¡A por ellos! —gritó Rocafort galopando de izquierda a derecha frente a su ejército—. Que nadie levante la mano si no es para herir carne. ¡Arriba!

—¡Arriba, arriba! —respondieron los almogávares, encaramándose por la ladera del monte.

En esta ocasión, gracias a la posición elevada que tenían, los griegos no retrocedieron. Aun así, el choque fue tanto o más brutal que la primera vez. Y de la misma forma, la línea de vanguardia bizantina probó el amargo beso del *coltell* en su piel. Y los bravos mercenarios de Aragón volvieron a penetrar entre la hueste rival.

Ahora sí que la mayoría de los bizantinos se batió en torpe retirada. Los jinetes hacían pasar sus caballos sobre los infantes sin remordimiento alguno, y los de a pie, a su vez, intentaban desmontar a los caballeros para hacerse con sus monturas. Viendo que era imposible organizar a la tropa de nuevo, Nostongos Duncas ordenó retirada, y el poderoso ejército de Miguel al completo dio la espalda a su enemigo, huyendo en todas las direcciones. Los almogávares lanzaron gritos de júbilo, pues se sabían vencedores de la batalla. Pero el senescal Rocafort no se contentó con eso, y viendo que podían hacer verdadero daño al Imperio de Constantinopla, ordenó perseguir a sus enemigos.

—¡A por ellos! Que no quede ni uno con vida.

Una pequeña cordillera que partía de la costa oriental de la península de Galípoli obligaba al grueso del ejército griego a dirigirse hacia el noroeste en su huida. No obstante, había algunos grupos pequeños que regresaban hacia la costa, donde se apilaban los unos sobre los otros en las embarcaciones de los pescadores de la zona, hundiéndose bajo su peso la mayoría de ellas. Los almogávares los ignoraron y fueron tras los que se dirigían hacia el noroeste, pues eran más numerosos, confiando en que les presentaran batalla.

Se inició entonces una masacre de dimensiones descomunales, algo desconocido para la mayoría de los griegos, pues nunca habían visto a unos guerreros que asesinaran con tanto placer a sus enemigos, ya fuera en combate singular, por la espalda o cuando éstos habían depositado sus armas en señal de rendición. Así fue como, apenas mil almogávares, consiguieron matar a varios millares de griegos durante la implacable persecución, que se prolongó durante todo el día a lo largo de veinticuatro millas, la distancia que separaba las costas oriental y occidental de la península. Durante la desesperada huida, el ejército griego quedó tan disgregado que muchos soldados enemigos acabaron deambulando por la retaguardia de la Compañía. Los almogávares se separaron para realizar una de sus formas preferidas de combate, consistente en reunirse en pequeñas cuadrillas para hacer rápidos y violentos ataques por sorpresa.

—¡Aquí, a mí! —gritó una voz almogávar a espaldas de Guifré y Arnau cuando marchaban por un desfiladero buscando enemigos a los que matar.

Los dos amigos acudieron a la llamada del compañero para ver cómo él y otro perseguían a cuatro turcos que huían. Se unieron a ellos y, al llegar a una zanja, una docena de turcoples salió de ella y les hicieron frente.

—Por fin podremos luchar contra estos cobardes por delante —dijo Arnau arrancando sonoras carcajadas en los otros tres, mientras los turcos los cercaban.

Arnau y Guifré adoptaron su típica posición de combate, siendo imitados por los otros, que pegaron sus espaldas a las de los dos amigos formando un cuadrado, alrededor del cual rotaban los turcoples, esperando la señal para atacar. Fueron los almogávares los que la dieron, echando mano a sus dardos y arrojándoselos con gran puntería, acertando a cuatro de ellos. Los turcoples retrocedieron, pero no tan rápido como para evitar recibir otra ronda de proyectiles, aunque en esta ocasión apenas encontraron carne en la que clavarse. Esa escaramuza se saldó con tres turcos muertos y dos más heridos de gravedad. Aun así, quedaban diez a los que enfrentarse. Éstos avanzaron con timidez; parecía que temían que los catalanes se sacaran más dardos de la manga. Cuando se cercioraron de que eso no ocurriría, atacaron, corriendo al encuentro de los cuatro infantes de la Compañía. Y ese fue su error. Los almogávares, al ver que el encontronazo era inevitable, dieron dos rápidas zancadas hacia sus enemigos, colocándose tan cerca de ellos que convirtieron en inútiles sus largas espadas, degollándolos con facilidad. Consiguieron salir del círculo y se replegaron junto al desfiladero, con las espaldas bien protegidas por él. Los turcos se colocaron frente a ellos, pero en esa ocasión no los atacaron de golpe, sino que fueron acercándose poco a poco hasta colocarse a la distancia de una lanza. Entonces alzaron sus espadas y embistieron a la vez. Los almogávares se protegieron con sus cuchillos, y mientras tres formaban un escudo, el cuarto soltaba el *coltell,* que mordía carne turca una de cada dos veces. Sus oponentes, al ser más numerosos y llevar más protecciones, se estorbaban los unos a los otros —pues el terreno era reducido—; aun así, de vez en cuando también conseguían hendir carne almogávar, pero con menos acierto. Tras diez minutos de larga batalla, los cinco mercenarios turcos que quedaban con vida huyeron, dejando a un almogávar muerto, el navarro Jon Lasarte, y otro herido de levedad, el propio Arnau.

—¿Cómo estás? —preguntó Guifré interesándose por su amigo.

—Bien, ese cabrón me ha regalado una nueva cicatriz para mi brazo —respondió taponándose la herida.

Siguieron avanzando paralelamente a la costa al encuentro del resto de la hueste, que aguardaba sobre un promontorio al final de un pequeño acantilado. Una vez llegaron allí, vieron a lo lejos cómo sus enemigos seguían huyendo hacia Pamphylia, donde aguardaba Miguel IX y el resto de su ejército.

—Ya es suficiente —les dijo Rocafort cuando pasaron junto a él, dispuestos a perseguirlos.

—¿Vamos a dejarlo aquí? —preguntó Arnau.

—¿Te parecen pocos los muertos con los que hemos sembrado la distancia que hay entre nosotros y Galípoli?

—Por Sant Jordi que no, pero, ¿y los que quedan?

Rocafort señaló a la izquierda, donde el sol ya casi se había escondido tras el mar.

—La noche se nos echa encima. Si los perseguimos nos veremos envueltos en guerrillas que nos costaran bajas importantes. Si queremos vencerlos cuando regresen, no podemos permitírnoslo. Y creedme, vendrán muchos más.

—¿Y si no vuelven? —preguntó Guifré.

—Entonces los iremos a buscar… y acabaremos con todos ellos. —Colocó su caballo en dirección contraria y emprendió la marcha—. Ahora regresemos a casa y hagámonos con el botín que tan valientemente hemos ganado.

—*¡Desperta ferro!* —gritó alguien entre la hueste.

—*¡Desperta ferro!* —respondieron los demás alzando sus *coltells.*

Al alba…

Teopolo retomó la conciencia con la cabeza dolorida. Al abrir los ojos, vio la misma claridad en el cielo que cuando comenzó la batalla. «¿Cuánto tiempo ha pasado? ¿O es que todo ha sido un sueño?» se dijo. Pero al incorporarse comprobó que, si se trataba de un sueño, no podía ser más que una pesadilla, pues estaba totalmente rodeado de cadáveres, muchos de ellos descuartizados. Al llegarle el olor, supo que estaba bien despierto, y no pudo reprimir vomitar sobre un compañero junto al que había combatido en más de una ocasión. Se levantó. Todavía mareado, se llevó la mano a la cabeza, donde sentía un terrible pinchazo con el pulsar de la sangre. La herida estaba reseca: habían pasado horas; tal vez un día entero. Cogió una espada —no estaba seguro de que fuera la suya— y deambuló hacia el norte. Tenía la esperanza de que el resto de su ejército estuviera acampado a pocas millas de ahí. A unos cien pasos se topó con una figura agazapada sobre un cadáver. Se dirigió hacia allí y el corazón le dio un vuelco al comprobar que se trataba de un mercenario almogávar, que cortaba el dedo de un griego muerto con la intención de robarle un gran anillo de plata. Tuvo la tentación de matarlo en ese momento, pues le daba la espalda y podría haberlo hecho con facilidad. Pero el viejo soldado había cometido muchas cobardías en su vida, y ahora que ésta llegaba a su fin, no tenía intención de protagonizar ninguna más.

—¡Eh, tú! —intentó decir, pero tenía la garganta tan reseca que no fue capaz de emitir sonido alguno.

Carraspeó.

El almogávar no se giró.

Golpeó su espada contra el yelmo de un alano que yacía a sus pies, pero tampoco lo escuchó. Entonces Teopolo reparó en que al catalán le faltaba la oreja izquierda, seguramente por eso no podía oírle, así que dirigió su espada hacia adelante, con la intención de avisarlo con un toque. Fue acercando el arma hacia el almogávar y, cuando estaba a punto de posarla sobre su hombro, escuchó un grito a su espalda.

—¡Guifré!

Teopolo se giró a tiempo de ver cómo la afilada punta de una azcona se le clavaba en el pecho, atravesándolo de parte a parte. El viejo soldado vio al mercenario que la había arrojado avanzando hacia él a grandes trancos con un cuchillo ancho y largo en la mano. El almogávar lo soltó sobre su cuello antes de que él pudiera alzar la espada, tiñendo su mundo de negro en un instante.

Gifré se giró para ver cómo la cabeza del griego rodaba hasta sus pies.

—Hijo de puta —dijo escupiendo sobre ella.

—Estos cobardes solo saben matar y morir por la espalda —apuntó su amigo.

La planicie se iba llenando de almogávares que regresaban con parsimonia y, gracias a las primeras luces, empezaron a saquear los cuerpos de los enemigos vencidos.

—¿Todavía quedan supervivientes? —preguntó Rocafort desde lo alto de su caballo, acompañado de Muntaner, al pasar al lado de los dos amigos.

—Éste se habría escondido por aquí, pero no parece que hayan más.

—Está bien, ya sabéis lo que hay que hacer si encontráis alguno.

El senescal y el gobernador dejaron a los dos almogávares con su botín y continuaron a trote ligero hacia la fortaleza de Galípoli. Cuando llegaron a la cima de la loma tras la que se encontraba, Muntaner se giró y miró hacia abajo, maravillado por la cantidad de bizantinos que habían conseguido matar.

—¿Qué ocurre? —le preguntó Rocafort.

—La gesta que hemos protagonizado hoy… todas las que hemos protagonizado desde que llegamos a esta tierra hostil, son tan grandes que deberían ser recordadas para siempre.

—Y lo serán. Al menos los griegos no las olvidarán jamás —apuntó el senescal tomando el camino hacia el sur—. Y si no, siempre puedes escribir unas memorias. O una crónica —concluyó cuando apenas podía oírle.

—¡Qué os diré! He de reconocer que lo he pensado en más de una ocasión. Si sobrevivimos a la batalla final creo que me pondré a ello —dijo avanzando hasta llegar a su altura—. *Crónica*, de Ramón Muntaner. ¿Crees que es un buen título?

Sí, yo, Otho

Eugenio López Arriazu

Yo, Marcus Otho, Príncipe de Roma, tuve el honor de gobernar el Imperio durante noventa y dos días. Poco. Pero el deber no se mide en horas. Tenía la lealtad de mis tropas y el apoyo del Senado, comandaba un ejército formidable, la derrota de Bedriacum no era decisiva, las legiones de Dalmatia ya habían llegado a Aquileia, las de Pannonia y Moesia estaban en camino… y me quité la vida a los treinta y siete años. ¿Volvería a matarme? No lo sé. Muerto, revivo mi vida. ¿Latirá ya en el caos de mi pasado la fatal conjunción del cuchillo y de mi pecho?

Nazco. Son cónsules Arruntius y Ahenobarbus. Mis ancestros pertenecen a una antigua e influyente familia de Etruria. Mi padre, Lucius Otho, es tan querido por el emperador Tiberius y tanto se le parece, que muchos lo creen su hijo. Es un hombre estricto. Crezco y tiene que azotarme. ¿Quién no olvida de joven la moderación y la piedad? Soy rico, soy insolente. De noche, con mis amigos, cazamos transeúntes ebrios y con una manta los lanzamos al aire.

Muere mi padre. Su ala protectora se pliega para siempre. Enfrento la vida como puedo, como todos. Simulo amar a una liberta muy influyente de la corte, aunque es vieja y decrépita. Así conozco a Nero. Me gano el lugar más alto entre sus amigos. Tenemos gustos afines, el hábito de un lecho común. El Senado es mi segunda casa. Un día prometo rehabilitar a un excónsul condenado por concusión. Su recompensa es cuantiosa; acorde a mi magnanimidad. Quiero brillar en el Senado y lo llevo para que me lo agradezca en público, si bien, es cierto, no he conseguido aún su rehabilitación.

No soy cómplice del asesinato de Agripina. Sabía que Nero mataría a su madre, éramos confidentes y ¿por qué habría de contradecir al emperador? Además, su muerte no sería inmerecida. Sí, recibo a Poppaea Sabina, pero, ay, ¡cómo no acoger a Poppaea Sabina!

Poppaea es la mujer más bella de Roma. Ninguna descripción puede hacerle justicia, ninguna estatua imitarla, ningún poema captar su encanto. Si Paris la hubiera conocido, no habría raptado a Helena, Troia no habría sido incendiada y Aeneas no habría llegado al Latium.

Nero la hizo su amante, habla todo el tiempo de ella, día y noche, en el Senado y en la cama. Está poseído, loco, enamorado. Me la presenta en Palacio el mismo día de nuestro compromiso. Es de noche. Su esposa no está. Nero da un banquete. Hay senadores, caballeros y libertos. Los sirvientes circulan con vino tibio y platos exquisitos. Nero sólo quiere lucirla, lucirse. La noche pasa al ritmo de los manjares y las copas. Cuando quedamos Poppaea, Nero y yo finalmente solos en el triclinio, él propone que nos casemos. Pero me guiña el ojo a escondidas. No habla en serio. Sólo precisa una excusa para robársela a su marido y tenerla a disposición mientras ve qué hace con Octavia. No sabe cómo divorciarse sin contrariar al pueblo y a su madre. Pero puede confiar en mí, Marcus Otho, su mejor *amicus*. Y así recibo a Poppaea.

¡Dame Ovidio tu *remedium amoris*! Estoy enamorado, loco, poseído. ¿Cómo albergar a Poppaea bajo mi techo y no enamorarme? Luzco mis mejores pelucas, me depilo entero, dos veces al día, y me unto con pan húmedo para que no me crezca la barba. A ella no le importan ni mi baja estatura, ni mis pies deformes, ni mis piernas chuecas: la seduzco. ¡Es mía, mía! Y hago nuestros los versos de Catulus:

¡Vivamos mi Poppaea, y amemos,
que de los viejos severos los rumores
nos importen un comino!

Cuando Nero envía a buscarla, ordeno que nos nieguen. Llegan más esclavos reclamándola, pero los despacho con este mensaje: «Tú tienes Roma, yo a Poppaea: haya paz». Entonces golpea mis puertas en persona. Lo dejo afuera, parado, mezclando amenazas y ruegos. Ja. Ya he tomado a Poppaea por esposa... No sabía entonces que no me mataría por ella.

Mi matrimonio termina abruptamente. Mi lucha es despareja. Nero nos hace divorciar. Se libra de mí enviándome a Lusitania con el pretexto de una gobernación. Tengo suerte. No quiere castigarme abiertamente por temor de que se divulgue la farsa. Trasciende, sin embargo. Ya en Lusitania me llegan noticias del Senado. Circulan estos versos:

> ¿Por qué fue Otho, preguntan, exiliado con un cargo falso?
> De su esposa el amante a ser ya empezaba.

Administro Lusitania durante diez años. Es como estar muerto. Nada como la muerte para vivir en el pasado. Relegado a los confines del mundo, pienso en Poppaea y en Nero y en mi amada Roma. Cumplo mis obligaciones por entretenerme, aunque no sin previsión. Lusitania me aburre, pero sé que regresaré a Roma. Un buen desempeño me ganará aliados en el Senado. De noche bebo y ahogo el día, entierro el pasado en los placeres del lecho.

En cuanto a Poppaea... el tiempo carcome las pasiones. Cuando Nero se casa con ella, me envenenan los celos. Tres años después, apenas lloro su muerte. Poppaea, enferma y embarazada, colma a Nero de reproches porque llegó tarde de una carrera. Él la mata de una patada. Al menos eso dicen. ¿Por qué lloro, aunque sea apenas? Por nostalgia. Cada diez o veinte años vivimos otra vida. Miramos atrás y nos reconocemos como en el fondo de un estanque, barrosos y movedizos, como si se hubiera hundido otro al que no volveremos nunca a ver, por suerte o por desgracia. Jamás amaría de la misma manera...

A los cuatro años me abrasa otra pasión: la política. Apoyo a Galba contra Nero. A cambio de mi apoyo, promete nombrarme heredero del Imperio. Galba tiene a su favor buenos augurios. Cuando obtuvo la Hispania Tarraconensis lo agradeció con un sacrificio y al muchacho que sostenía el cofre del incienso se le encaneció de súbito el cabello. ¿El presagio?: que un anciano sucedería a un joven, es decir, Galba a Nero. Pero se tiene a sí mismo en contra. Su severidad es cruel y desmedida. Una vez, también en Hispania, le cortó a un cambista deshonesto las manos y se las clavó en el mostrador.

Triunfa, sin embargo. Su vejez me favorece. Ya pasa los setenta. ¡Pronto yo seré el emperador! Vuelvo a Roma con esta esperanza.

Mi astrónomo Seleucus también me augura el principado. No ahorro halagos, servicios, ni gastos para que todos me consideren digno de ser el sucesor. Especialmente los soldados, mis *commilitones,* a quienes siempre he saludado por sus nombres. Odian a Galba porque diezmó sus tropas al entrar en Roma. Ya se habían rendido. Reparto áureos entre los guardias de las cohortes. Soy magnánimo. Los colmo de favores. Uno me elige de árbitro en un litigio por los lindes de su fondo. Le compro el campo al vecino y se lo regalo.

Pronto logro mis objetivos, justo a tiempo, gracias a la Fortuna. Contra lo convenido, Galba nombra heredero a Piso Frugi Licinianus, un joven noble al que siempre había apreciado. Piensa que la gente lo desprecia porque no tiene descendencia, más que por su vejez. Lo llama «hijo» y lo adopta en los cuarteles frente a la tropa en asamblea. Se equivoca. Me cierra el paso al poder, me pone en su contra. ¿No se da cuenta de que el pueblo lo odia? Odia sus facciones deformes, reflejo de su crueldad. ¿Cómo osa sustituir el rostro hermoso de Nero por el suyo calvo y de nariz ganchuda? Nunca podrá su cuerpo decrépito, de manos y pies deformes por la gota, reemplazar el físico amoroso del joven príncipe.

El tiempo me urge, también las deudas. Confío mis planes a cinco guardias. Cada uno trae a dos y ya son quince. Les doy a todos cinco mil sestercios, les prometo cincuenta mil. Éstos ganan a los restantes, no muchos por ahora, pero serán más a la hora de la acción. Quiero ocupar el cuartel tras la adopción de Piso y atacar a Galba mientras celebra en Palacio, pero desisto. La cohorte de guardia es la misma que asesinó a Calígula, la misma que abandonó a Nero librándolo a su suerte. Que no pierdan el respeto a sus superiores, que no los abrume la inquina. No, no seré yo otro Galba. ¡Roma, Italia y el Imperio me necesitan!

Doy el golpe a los seis días. Por la mañana, digo a mis socios que me esperen en el foro junto al miliario, saludo a Galba y recibo su beso como de costumbre. Presencio incluso el sacrificio de un cordero y oigo las predicciones del arúspice. El presagio es nefasto. El hígado está completamente deformado, carece de lóbulo. «Hay traición», dice el adivino, «y el ladrón es de casa». Interpreto el augurio como favorable a mis designios. En seguida viene mi liberto Onomastus con la señal convenida: han llegado los arquitectos.

Me retiro con el pretexto de inspeccionar una propiedad que compré. Por su antigüedad corre riesgo de derrumbe. Llego al miliario. Veintitrés soldados me saludan emperador. Me llevan oculto a los cuarteles en una litera de mujer. Los portadores se cansan. Sigo corriendo. Pierdo una sandalia. Me llevan en andas entre aclamaciones y espadas desenvainadas.

En la plaza de armas ordeno matar a Galba y a Piso. Galba se refugia cobardemente en el palacio, pero recibe rumores de que fracasé y se anima a salir. Un guarda le muestra la espada ensangrentada, dice que me mató. Galba se envalentona: «¿Con orden de quién?», le pregunta. Cuando llega al foro, lo rodea una muchedumbre. Los jinetes espolean sus caballos y la dispersan. Su guardia también lo abandona y muere bajo una lluvia de puñales. Después lo degüellan y dejan tirado. Un soldado que pasa le corta la cabeza. Como no la puede agarrar del pelo, le mete el pulgar en la boca y me la trae. Sí, es él. Se la regalo a los portadores. La clavan en un asta y la llevan por el campamento gritando: «¡Galba Cupido, disfruta de tu edad!» Ante un elogio sobre su apariencia «fresca y robusta», había presumido que «su vigor estaba intacto».

Dos soldados encuentran a Piso en el templo de las Vestales, lo sacan y lo matan. También me traen la cabeza. Un centurión la deja en un plato. Yo estoy recostado en el triclinio. Necesito descansar un rato. Me quedo mirándola. Me fascina. Tiene la piel lastimada, el pelo revuelto y apelotonado por la sangre reseca, la nariz quebrada. La boca torcida deja ver los dientes de un costado. Los ojos siguen abiertos, como mirando de lejos el Imperio que ya nunca tendrá. Estiro la mano vacilante, el índice desplegado, pero no puedo tocarla, por más que eso es lo que quiero: hincarte el dedo, Piso, y ultrajarte. El índice se acerca tenso, pero el brazo se me distiende, la mano se aleja. Lo intento dos veces, tres. Finalmente, me obligo. La uña se incrusta en uno de los ojos y el envión vuelca la cabeza de costado. Me sonríe irónica y burlona, la mueca hacia arriba. Chasqueo los dedos y se la llevan.

Cae el sol. Doy un breve discurso en el Senado. Digo que, raptado por el pueblo y obligado a tomar el poder por la fuerza, lo ejerceré siguiendo la voluntad común. Después me dirijo a Palacio. La plebe me aclama entusiasmada. Me llama «Nero». Quiero merecer el honor. Asignaré cincuenta millones de sestercios para terminar su Casa Dorada, ese palacio magnífico, suntuoso y único, con un estanque que parece un mar, rodeado de edificios dispuestos como una ciudad, orgullo de Roma y emblema futuro de todos los césares por venir, por cuyo vestíbulo alto y colosal paseamos alguna vez, con los brazos entrelazados, Nero, Poppaea y yo.

De noche, Galba se me aparece en sueños. Su cuerpo sutil está entero, robusto, joven. Me clava los ojos en la garganta. Se para junto a mi lecho y me habla con la boca abierta, sin mover los labios. «Ven», dice extendiéndome la mano. El Palacio desaparece, sólo quedamos yo, él y a sus espaldas, hacia donde gira como invitándome, una oscuridad más profunda que el Tártaro. Me despierta mi propio aullido. Salto. Corro confuso por el recinto. Mis esclavos entran asustados y me ven brazos en alto rogándole a sus manes, *¡dii manes, vobis bene imprecor!* Paso la noche apaciguándolos, quemándoles incienso, ofreciéndoles vino y comida, prometiendo no matar y extinguir para siempre el ilustre y antiguo linaje de los Galba.

Pero los ejércitos de Germania juran fidelidad a Vitellius. El Senado les anuncia que el emperador, yo, ya ha sido elegido, los exhorta a la paz. Yo mismo le ofrezco a Vitellius ser mi yerno y mi socio. En vano. Me declara la guerra y envía por delante a Valens y a Caesina con dos ejércitos.

No hay tiempo que perder. Aunque la procesión de los escudos sagrados todavía no regresa. Volverá en nueve días. El flamen se entera de que marcho a la guerra. Me ruega que no parta, que nada bueno puede esperarse de una salida tan precipitada en días infaustos.

Consulto a Isis, Reina del Cielo. Me visto de lino: blanco, delicioso, femenino. Celebro los misterios que yo mismo instituí. ¡La diosa me respalda! Se apaciguan los retorcijones de mi vientre. De noche concilio el sueño. ¿Qué importan ahora los malos presagios? ¿Qué importa que la expedición se demore por las inundaciones del Tíber, que en el vigésimo miliario el camino esté cortado por el derrumbe de unos edificios? Ya mi diosa se arreglará con Marte.

En el norte me aconsejan demorar la guerra. El enemigo está apremiado por el hambre y la estrechez del terreno, pero los soldados me exigen batalla. Establezco mi cuartel en Brixellum y dirijo desde allí las operaciones. ¡Triunfamos! Ganamos en los Alpes, en los alrededores de Placentia y en Templum Castoris. En Bedriacum me derrotan por engaño. Mientras mis tribunos negocian con Caesina, llegan noticias de que Valens se acerca. Se entabla batalla. Los nuestros cierran animosamente, pero de pronto corre el rumor de que el ejército viteliano se ha rebelado. Cunde la incertidumbre, se relaja la disciplina. Cuando se renueva la lucha, estamos en desventaja. Alfenus cruza el río, degüella a nuestros gladiadores, toma el paso y nos acomete por el costado. La larga retirada queda sembrada de cadáveres.

Resuelvo entonces quitarme la vida. Daré el ejemplo. La suerte no está echada, lo repito. Estoy por recibir refuerzos ingentes. Los vencidos quieren luchar y vengar su ignominia. Pero el pueblo ya siente la carestía, la falta de víveres. No hay guerra civil desde Julius Caesar y Pompeius. De Tiberius a Nero sólo se temieron las adversidades de la paz. Ahora, las legiones, los ejércitos, los pretorianos y todos los soldados de Roma se ven arrastrados a la pelea: el Oriente y el Occidente, con todas las fuerzas restantes a sus espaldas, prolongarán la guerra más allá de lo predecible. Y aun ahora, cuando todo apenas comienza, no parece que se camina por Italia, ni por regiones y lugares nuestros. Las legiones, como si marcharan por costas y ciudades enemigas, todo lo queman, roban y asolan a su paso. Hombres, mujeres y niños salen sin temor a recibirlas, y son tragados por la guerra.

Un soldado trae la primera noticia de la derrota. Nadie le cree. Es un muchachito: musculoso, viril, ojos azules. Lo acusan de mentiroso, de cobarde, de haber huido. Él, confuso como la derrota, no logra explicarse. Uno de los guardias le pide la espada y el puñal. Será luego degradado y enjuiciado. El muchacho me mira implorante. Yo no hago nada, ya veremos si se confirman las noticias. El soldado desenvaina y todos con él para abatirlo. Pero no es necesario. Se arroja a mis pies sobre su espada. Así demuestra su coraje, su fidelidad. ¿Cómo seguir exponiendo a soldados tan valientes y leales?

El general debe estar a la altura de su tropa. Reúno a mi hermano, a mi sobrino y a mis amigos. «Es más justo morir uno por todos, que todos por uno», les digo. Pido que me cremen con celeridad, que nadie se apodere de mi cabeza. Los despido con un beso y un abrazo. Después escribo a solas dos tablillas, una consolatoria para mi hermana y otra para Mesalina, la viuda de Nero, con quien planeaba casarme. Le encomiendo mis restos y mi memoria. Quemo todas mis cartas. No quiero perjudicar a nadie. Distribuyo entre los sirvientes el efectivo que tengo.

Me afeito al ras para que no se note la barba que crece despúes de muerto. Con paciencia para no lastimarme. Incluso arranco unos cabitos rebeldes. Me empolvo. Que el cutis se mantenga hermoso hasta la pira, que no se note la palidez de la muerte. Me almendro los ojos como los egipcios y me pongo el traje blanco de Isis, Madre de los Dioses.

Ya estoy dispuesto a morir, pero se produce un tumulto. Han arrestado, como si fueran desertores, a un grupo de soldados que se alejaba del campamento. Prohíbo que se los maltrate. Me retiro a mi dormitorio. «Agreguemos», me digo, «esta noche a la vida». Dejo las puertas abiertas para que todos me visiten. Más tarde, calmo la sed con agua fría, verifico la punta y el filo de dos puñales, pongo uno bajo la almohada, cierro las puertas, me calzo mi mejor peluca, me perfumo el cuello, la nuca y detrás de las orejas, y me acuesto a descansar con el otro puñal sobre el pecho.

Me duermo profundamente. Isis se me aparece sobre el lago de la Casa Dorada. Yo estoy en la orilla. Me bendice desde el aire con sus alas de milano, su vestido rojo ceñido, los pies rozando el agua. «Vengo por tus plegarias, Marcus» me dice. «No tengas miedo. Soy señora de todos los elementos, origen de los siglos, majestad de los númenes, reina de los manes, primera de los cielos. Gobierno los vientos saludables del mar, las luminosas alturas del cielo, los deplorados silencios del infierno». Me extiende la mano y avanzo hacia ella. El agua me llega a la cintura. Ella se desvanece. Lejos, en la orilla, un hombre desnudo va del lago hacia la casa. Una corona de laureles le ciñe la cabeza. Por la espalda, las piernas, el cuello, los glúteos, es Nero, pero joven, en la época de Poppaea.

Despierto al amanecer. Me levanto cuchillo en mano. Todavía no recuerdo el sueño. Me apuñalo bajo la tetilla izquierda. Un único golpe al corazón. Pienso en Nero. Él también tuvo el valor de no dejar su muerte al enemigo. Los sirvientes irrumpen al oír mi gemido. Pero muero rápido. Apenas tengo tiempo de mostrarles la herida.

Me quedo, claro, un rato en este mundo. El funeral me conmueve. Me veo, asomado a mí mismo, como Narcissus su imagen en el agua. Los soldados me besan las manos y los pies. Los bañan con abundantes lágrimas. Yo yazco en la pira. Me llaman el más valeroso, *fortisimum virum,* de los hombres. Dicen que fui un emperador excepcional. Mi sobrino enciende la hoguera, un centurión se corta las venas. Ardo. Muchos se quitan ahí mismo la vida.

En su marcha a Roma, Vitellius se mofa de mi tumba. Frente al sepulcro humilde y provisorio del campamento, dice que soy digno de tal «mausoleo»... Lo odio tanto, que no puedo dejar la tierra hasta verlo muerto.

Vitellius no sabe conservar el Imperio que le dejé. No está a la altura, ni de Roma, ni de su muerte. ¡Cómo disfruto cuando, ocho meses después, le atan las manos a la espalda y soga al cuello, lo arrastran semidesnudo hasta el Foro! Lo llevan entre burlas por la vía Sacra. Le tiran de los pelos, la cabeza hacia atrás como los reos, el mentón alzado por la punta de la espada, ¡mientras algunos le lanzan barro y estiércol y otros lo llaman borracho y glotón! Lo destrozan en las escalinatas del río. Lo izan con un gancho y lo arrojan muerto al Tíber.

Ya puedo reunirme con Isis. Me ayudan las propiciaciones de Mesalina. Me ayudan mis manes. Me ayuda la memoria. Dejo mi estatua, para siempre, junto a la de los césares. Marcho en paz... Mi reinado fue breve, sí, pero glorioso mi ejemplo.

Un juramento peligroso

Alfonso Villar Guerrero

De Trujillo se podían decir muchas cosas: que si era un putañero, que si era un cabrón, que si pegaba a las mujeres… No sería fácil establecer si todas ellas eran ciertas al mismo tiempo o en el mismo grado. Lo que sí era seguro es que, en su hora final, tenía los huevos más gordos de toda Barcelona. Espero que estas palabras no me hagan quedar como una vulgar arrabalera, pero cualquiera que hubiera pasado aquella mañana por la Rambla de Sant Josep habría visto lo mismo que yo: un señor medio desnudo pendiendo de una farola, con una maroma asfixiándole aquello por lo que tantas veces había jurado.

Como una es discreta, tal y como se espera de su profesión (muy mal reconocida, por cierto), me acerqué casi de puntillas al corro que se había formado alrededor de aquel patíbulo improvisado. Un par de señoras muy sensibles se habían desmayado y ya algún solícito viandante las abanicaba con el periódico de aquel fatídico año de 1898.

La calle parecía haberse quedado muda ante tamaño espectáculo dantesco. Incluso los coches de caballos no hacían ruido alguno al pisar los adoquines de la calzada. Yo, todo sea dicho, había visto cosas muy raras a lo largo de mi carrera profesional. Pero lo cierto era que las perversiones sexuales de mis clientes no tenían nada que ver con aquello. Parecía obra de un sádico.

A Trujillo lo conocí un día de enero, semanas antes de su ahorcamiento público. Era de esos que ni te hablaba. Se mesaba la punta del bigote una vez que había terminado, se vestía con las ropas de civil para pasar desapercibido y se peinaba con la mano el escaso pelo. Todo ello mientras trataba de contener el aliento por el esfuerzo realizado. Estaba claro que mostrar flaquezas no iba con aquel guardia civil. Por el contrario, no se molestaba lo más mínimo en ocultar su mal carácter, ya que cuando yo terminaba de recomponerme el vestido, lo oí gritar en el vestíbulo de la casa donde yo trabajaba: «Tú a mí no me dices lo que te tengo que pagar, furcia». Lo que dijo a continuación me vino a la cabeza mientras yo observaba la cuerda: «¡Por mis huevos!».

Efectivamente, de ese modo se encontraba colgado, y por eso mismo pensé si tendría que ver aquella discusión que sostuvo con la dueña de la casa, la Chula, como la llamábamos sin ánimo de ofender.

Me marché del paseo y me fui derecha hacia la casa. Tuve que esquivar a dos guardias montados que cabalgaban hacia la escena del crimen, pero por suerte los vi a tiempo. De pronto pensé cómo había sido posible que alguien se atreviera a llevarlo a un lugar tan concurrido y arriesgarse de ese modo a que lo pillaran con las manos en la masa. Además, había de tratarse de una persona con una voluntad expresa de exhibirlo y someterlo al escarnio público.

—¡Chula! —grité desde la calle.

Enseguida se asomó.

—¡Qué! —contestó con las manos apoyadas en la barandilla.

—¡Han matado a Trujillo!

—*¡Un fill de puta menos!*

Por la noche, ninguno de los parroquianos de la casa de la Chula echó de menos al teniente de la guardia civil, y eso que más de uno lo conocía bien. Un chico joven y de poca experiencia sí me terminó contando que Trujillo siempre andaba metido en algún negocio turbio. «No me extrañaría que alguien se haya cobrado algún pago atrasado», dijo.

En el tocador, hablando con la Carme, me contó que hacía pocos días, Trujillo había escondido algo en uno de los cajones del armario. «Él pensaba que no veía nada detrás del biombo en el que me estaba desvistiendo, pero se equivocaba.» Yo le pregunté si sabía qué era, si un paquete, un sobre o qué, pero no supo contestarme y comenzó a derramar lágrimas sobre las manos que le tapaban la cara. Estaba claro que temía que lo que había escondido el guardia civil tuviera algo que ver con su muerte. Me acerqué a la Carme y le di un beso, pero la verdad es que mi mente ya sentía curiosidad por el paquete (o lo que fuera) de Trujillo.

Cuando el señor marqués reclamó los servicios de la Carme, supe que por lo menos tendría que esperar un par de horas hasta poder entrar en su habitación y ver si lo que había dejado Trujillo escondido en su armario tendría alguna relación con su peculiar ahorcamiento.

Ya era de noche, pero no me importó colocarme una mantilla que me cubriera la mayor parte de la cabeza y darme un paseo por las ramblas a ver si captaba algo de información. Había mucha gente paseando todavía. De hecho, las calles eran un hervidero de comentarios (cada uno de ellos más exagerado que el anterior). La Paca, la que vendía flores, decía que Trujillo «era un hombre de mala vida, fíjate», y que aquello lo había perpetrado algún marido despechado. Yo sabía a ciencia cierta que el teniente no se complicaba la vida con maridos y amantes y que prefería ir al grano. Toma, dame y me voy. No hay más que hablar.

El librero, apodado el Bilbaíno, había elaborado una teoría que tenía bastantes visos de ser creíble: «Los justicieros, porque a la fuerza han debido ser varios, llegarían en un carro tirado como mínimo por dos caballos. Para acometer su abyecto crimen han aprovechado las horas intempestivas en que ni Sebastián, el panadero, estaba despierto».

Felisa, que siempre estaba a las duras a y a las maduras, le echaba las culpas a la borrachera del sereno, el cual nunca estaba donde se le esperaba. «Siempre anda bebido este pobre diablo», dijo.

Al volver a la casa de la Chula vi cómo un modesto coche de caballos se alejaba de allí justo en aquel momento. Pensé que lo más probable era que se tratase del marqués, al que en determinadas ocasiones sí le podía la discreción, de modo que tal vez la habitación de la Carme ya se había quedado vacía. Dentro me esperaba la Chula con los brazos en jarras.

—Reme, el Cura te está esperando desde hace un rato.

No se me entienda mal: el Cura era en realidad un crápula que se había metido a seminarista en Orihuela y que no había durado ni un año. Ahora se dedicaba a escribir, pero lo poco que ganaba lo malgastaba con nosotras.

—Dile que enseguida voy, que tengo que retocarme.

Si no quería levantar sospechas, sólo tenía unos minutos para entrar en la habitación de la Carme y abrir los cajones. Subí ligera por las escaleras y abrí poco a poco la puerta de la habitación. Tal y como supuse, la Carme se estaría lavando en el piso de abajo, así que tenía vía libre. Aparté la ropa con toda la suavidad que me permitía la curiosidad, pero no encontré nada. También eché un vistazo a los cajones. No hubo suerte. Pensé que, a lo mejor, la Carme al final, fuese lo que fuese, lo había cogido y lo había cambiado de sitio. O peor: lo había destruido para no tener problemas en un futuro. ¿Y si, por un casual, en realidad Trujillo no escondió nada allí?

Cuando alguien oculta algo, tal y como supuestamente hizo el teniente, en el fondo lo que quiere es recuperarlo más adelante o que alguien no relacionado con él lo encuentre por casualidad. Aquellos pensamientos picaron aún más mi curiosidad, pero la realidad era que en el armario no había nada.

De pronto se me ocurrió que tal vez no estaba en los cajones, pero sí debajo de ellos. Desencajé el que se encontraba en la parte superior y, después, el que había debajo. Tal y como supuse, allí estaba: un sobre con una carta en su interior. La leí casi de inmediato:

La Habana, 16 de febrero del año de 1898

Querido padre:

Las cosas andan muy revueltas por aquí, en el Vizcaya. Le escribo esta carta porque un miembro de la tripulación ha desaparecido y estamos muy preocupados por lo que pueda pasar ahora. El Maine, un barco de la flota estadounidense, se ha hundido y eso puede significar que entremos en guerra con los Estados Unidos. Dicen que hemos sido nosotros, pero es absurdo. Los que estamos aquí sabemos que no podemos hacer nada contra los americanos. No hemos podido ser los españoles. ¡Sería un suicidio!

Por eso hay rumores, padre. Dicen que el que ha desaparecido, un tal Socuéllamos, era un espía y que ahora ha vuelto con los suyos. Algunos hablan de que puede que haya sido él mismo el que ha hundido el Maine.

Tiene que comunicarlo, hacer que se sepa. Me gustaría darle más información, pero ahora mismo estamos ocupados haciendo maniobras y preparándonos para lo peor.

Un abrazo.

Rafael

Tardé mucho tiempo en comprender lo que significaban aquellas palabras escritas con nerviosismo sobre el papel. Sí me di cuenta enseguida de que el asunto era muy grave, ya que si se habían quitado de en medio a Trujillo, debía de ser precisamente por lo que sabía a través de su hijo Rafael.

Como dije al principio, siempre he sido una mujer discreta, gracias a mi profesión. Así que pensé que la vida seguía, que el Cura me esperaba y que poco podía cambiar la historia la decisión que tomara una simple prostituta de Barcelona.

El fuego terminó por consumir mi último recuerdo de Trujillo.

El Café de La Perla

Rosa García Cachán

—Muy buenas tardes, amigos. ¡Qué ganas tenía de que regresarais! Salamanca no ha sido lo mismo sin vosotros.

—Pues aburrirte no te habrás aburrido mucho, si es cierto la mitad de lo que se cuenta.

—¿Vamos a empezar con el «temita» incluso antes de sentarnos?

Los efusivos abrazos entre los tres camaradas pasan prácticamente inadvertidos al resto de clientes del Café de La Perla. El local es un lugar alegre de por sí, y las muestras de espontánea euforia entre parroquianos forman parte de la decoración, lo mismo que los espejos venecianos, los cortinajes de terciopelo azul y la gran balaustrada de madera que divide en dos el local sin que nadie sepa exactamente para qué sirve. Las postrimerías del siglo y los cambios de costumbres se encargarán de dar utilidad a la barandilla, metiendo al Café de La Perla de lleno en la modernidad al ser el primer local de Salamanca en tener una zona de la sala atendida por camareros, y otra, tras la balaustrada, por recatadas camareras.

Pero en este caluroso mes de septiembre de 1873, el Café de La Perla solo cuenta entre sus empleados con recios camareros varones de camisa blanca y mandilón negro, hábiles tanto en sortear bandeja en ristre a la nutrida concurrencia como en deshacerse de esa misma concurrencia cuando los ánimos se caldean en exceso.

—¿Café con aguardiente, como siempre? ¡Eh, Paco, tres *cafelitos* cargados y un cenicero, que nos tienes la mesa desatendida!

Nuestro resolutivo anfitrión es Álvaro Sánchez, *Alvarito* para los amigos, hijo de un conocido juez de la ciudad. Estudió derecho pero, en vez de perpetuar la tradición familiar, ha decidido preparar la reválida del notariado tan solo por llevar la contraria a su padre. Uno de sus compañeros de mesa, y de andanzas estudiantiles, se llama Mateo Castro, alias *Gallego,* natural de Ponferrada y eterno estudiante de medicina. Lo de Gallego alude a su peculiar acento, no a su origen, o quizás también; el galleguismo o leonesismo del Bierzo es una discusión que seguirá candente durante los próximos siglos. Lo de eterno estudiante él lo achaca a la dificultad de los estudios, aunque también tienen gran parte de culpa el poco espíritu del mozo y la generosidad de su madre, viuda de un más que rico hacendado berciano. Fernando Mallo es el tercero en concordia, no le importa que los más allegados le llamen el Marquesito porque, aunque no ostenta título alguno, puede presumir de tío, marqués auténtico y senador desde 1871, y responsable de la pasión de Fernando por la música así, como de pagarle los estudios correspondientes con don Ricardo Canto, organista de la catedral.

—Venga Alvarito, cuenta, en Ponferrada las noticias llegaban tarde y mal, por no añadir que en mi casa está prohibido hablar de política. En mi casa…, en el casino…, en las recepciones…

—¿Y de que habéis hablado durante el verano? En Madrid era el único tema de conversación.

—Hombre Marquesito, no es lo mismo. Tu tío es senador, si en casa no habláis de política ya me contarás… Y por cierto, ¿cómo es que tu tío te mandó llamar a Madrid en cuanto acabó el curso? Seguro que algo sabía, un zafarrancho como el que se preparó no se organiza de la noche a la mañana.

—¡Qué iba a saber! ¿O te crees que las revoluciones se publican con dos meses de antelación en la *Gaceta de Madrid*?

—Tranquilos, amigos, tranquilos —terció Álvaro—. Vamos a tomarnos el café antes de que se enfríe, luego os contaré con detalle el veranito tan entretenido que he pasado.

A estas horas de la tarde, el Café de La Perla está atestado de clientes y humo. Su privilegiada situación en la calle Prior, cerca de una de las puertas de la plaza, le convierte en parada obligada antes del tradicional paseo por la plaza mayor. Vueltas y revueltas entre jardines, bancos, fuentes y soportales con el único propósito de ver y ser visto, lanzar requiebros, recibir señales más o menos crípticas, ofrecer respetos o firmar tratos con un irrevocable apretón de manos. Quien quiera ser alguien, o quién ya lo sea, tiene que dejarse caer a media tarde por la plaza y conocer el protocolo: una equivocación al respecto puede acarrear desagradables malentendidos. El que se sienta en una de las terrazas de los salones de té o de las pastelerías, es alguien que espera ser saludado; el que permanece en pie con otra u otras personas está tratando algún asunto y no desea ser interrumpido; el que se escabulle entre la floresta del centro de la plaza, busca intimidad para alguna confidencia y, lo más importante, el que pasea rodeando la plaza en dirección contraria al paseo de alguna mujer, es porque está interesado en ella y quiere verla de frente.

Los amigos apuran sus cafés entre muestras de emoción por la amistad retomada tras el paréntesis veraniego. Enseguida Álvaro, el único de los tres que ha permanecido en la ciudad durante el verano, da paso al relato de los acontecimientos como si de un romance de ciego se tratara.

—Todo comenzó la madrugada del 22 de julio cuando, a las cuatro de las mañana, las cornetas resonaron por toda la ciudad llamando a la movilización de los voluntarios de la república, los cuales, con sus armas y pertrechos, se congregaron en diversos puntos de la ciudad para ir al Gobierno Civil donde se informó a las autoridades de la declaración de Salamanca como cantón independiente.

—Y eso lo sabes porque…

—Porque casualmente me encontraba en la alcoba de una señorita, cuyo nombre no os voy a decir, y con el estruendo de las cornetas tuve que salir por la ventana, bajar por la enredadera, saltar la tapia y cruzar varias calles entre los sublevados para llegar a casa antes de que mi padre se diera cuenta de mi ausencia.

—¡No fastidies!, ¿la proclamación de la república independiente de Salamanca te pilló con los calzones bajados?

Las carcajadas del Gallego resuenan por todo el café como si de nuevo las cornetas llamaran a los voluntarios.

—Schhh, baja la voz —increpa Álvaro—, no hace falta darle tres cuartos al pregonero. Ya sabía yo que no os lo tenía que haber contado.

—No se proclamó una república independiente, se proclamó un cantón independiente —aclara Fernando.

—Llámalo como quieras: un territorio que se independiza del resto del Estado para organizarse como le venga en gana.

—Tal como lo dices parece una tontería —a Fernando le encanta la precisión en los conceptos—. No se trataba de independizarse

67

porque sí; la revolución cantonal pretendía crear una república federal entendida de abajo a arriba: una serie de regiones o ciudades independientes que se unen para formar un estado federal. Pero para eso primero tienen que ser independientes.

—Vamos a ver, para que yo lo entienda: Un país, que ya era un país, se divide en multitud de trocitos independientes que luego se federan para formar otra vez el mismo país. ¡Para ese viaje no necesitábamos alforjas!

—Gallego, a veces no alcanzo a comprender cómo fuiste capaz de aprobar el bachillerato. Te lo voy a explicar para que lo entiendas. Se proclamó la república y se constituyó el Parlamento. El Parlamento está formado por republicanos centralistas, pocos; republicanos federales, la mayoría, que defienden una España federal organizada desde el Estado y formada por diecisiete cantones o estados federados; otros republicanos federales, por mal nombre los intransigentes, que aspiraban a que este cambio de república centralizada a república federal se hiciera de un día para otro; y por último los monárquicos, muy pocos por cierto. A los republicanos intransigentes les parece que los acontecimientos se suceden con excesiva lentitud, así que el 1 de julio, el comité nacional federal del sector intransigente da instrucciones a sus comités provinciales y locales para autoproclamar cantones, y con ello forzar la creación de la república federal de abajo a arriba.

—Y de aquellos polvos vienen estos lodos. Teníamos una república con vocación federal presidida por Pi y Margall ¿correcto? —Mateo no espera respuesta, simplemente ordena sus ideas en voz alta—. A los republicanos intransigentes les entran las prisas y provocan la revolución cantonal. La revolución cantonal le costó la presidencia a Pi y Margall. Su sucesor, Salmerón, ha acabado con la revolución cantonal…

—Salvo en Cartagena. —Fernando tiene información de primera mano.

–… salvo en Cartagena. Y nuestro recién nombrado presidente Castelar, si es verdad lo que se dice, va a acabar con la república federal, o si no al tiempo.

Mateo siempre se jacta de tener las ideas muy claras, simplistamente claras.

—Caballeros, caballeros…, si vais a discutir de política me marcho.

—Culpa tuya Alvarito, te has puesto a contarlo como si fueras *El Federal Salmantino* —apuntó solemnemente Fernando.

—Viva la República Democrática Federal —corean entre risas los de la mesa de al lado, parafraseando el subtítulo del conocido periódico local que fue la única fuente de información en aquellos días revolucionarios. Nadie se ofende por la broma, los clientes del Café de La Perla se caracterizan por ser abiertos de miras, comprensivos y respetuosos con las opiniones ajenas, y por ende, proclives al cachondeo sobre esas mismas opiniones, por muy respetadas que sean.

—¿Y cómo quieres que lo cuente para que la historia tenga un poco de sentido? ¿O es que te crees que nos enterábamos de las cosas por riguroso orden cronológico? El orden se ha podido poner después, hilvanando informaciones. Por ejemplo, cuando ya estábamos viviendo en una ciudad sitiada, mi padre consiguió saber cómo había empezado.

—Con los toques de corneta —contesta Mateó contundente.

—No, Gallego, así fue como nos enteramos, no como empezó. Parece ser, que al hilo de las instrucciones que llegaron de Madrid, la noche del 21 de julio se reunió, muy en secreto, el comité federal y los oficiales del batallón de voluntarios de la ciudad. Discutieron hasta media noche pero, ante la falta de acuerdo, designaron a un comité de salvación pública formado por cinco ciudadanos, los cuales, bien entrada la madrugada del día 22, resolvieron que Salamanca se proclamaría cantón independiente.

—¡Así, sin más!, por sus santos co…

Mateo no puede terminar el improperio. Paco, el camarero de esa zona que está sirviendo la mesa de detrás, se gira rápidamente para recordarle, con los debidos respetos, que aquel es un local respetable, lo que implica que quedan prohibidas palabras de mal gusto, insultos, blasfemias y escupir en el suelo, tal y como reza un cuadrito bordado a punto de cruz que cuelga sobre la barra.

La llamada de atención del camarero calma los ánimos de Mateo, que a pesar de no hablar nunca de política, o quizás por eso mismo, aprovecha las reuniones con sus amigos para despotricar sobre todo lo que supone una alteración de su comodona forma de vida. Álvaro decide bajar la voz y seguir con su relato como si tuviera prisa por soltar toda la información, si es que Mateo deja de interrumpirle y puede terminar la historia de una vez. Su mayor preocupación en este momento es estar sobre las cinco en la plaza mayor para cruzarse, de frente, con una señorita en la que está interesado.

—Como iba diciendo, a toque de corneta los voluntarios…

—¿Pero esos voluntarios quiénes eran?

—Los voluntarios de la república federal…, los cantonales…, los intransigentes… —Fernando con frecuencia asume el papel de hermano mayor de Mateo.

—Pues llámalos cantonales, para que yo me aclare, porque republicanos son todos.

—De acuerdo, a partir de ahora republicanos son los republicanos, federalistas o no, y cantonales los republicanos intransigentes, ¿así te vale?

Mateo asiente con cara de satisfacción, las cosas claras y el chocolate espeso.

—Resumiendo, a toque de corneta, los cantonales se fueron al gobierno civil, destituyeron al gobernador, interceptaron el telégrafo y ocuparon los puntos estratégicos de la ciudad. A mediodía, publicaron un bando explicando las motivaciones de la proclamación del cantón: que si la república federal…, que si la voluntad popular…, que si el respeto a la paz y a las personas… Sobre las dos de la tarde ya estaba constituido el nuevo ayuntamiento.

—¿Y las fuerzas del orden se pusieron de parte de los sublevados?

Mateo parece un niño chico al que estuvieran narrando una emocionante historia de aventuras.

—En aquellos días la ciudad contaba tan solo con un destacamento de la Guardia Civil con algo menos de doscientos efectivos, el ejército había marchado al frente carlista. Para evitar un baño de sangre, se pactó que aquel mismo día 22 la Benemérita abandonaría la ciudad con dirección a Zamora, comprometiéndose el comité de salvación pública, que eran aquellos cinco ciudadanos que proclamaron el cantón, a mantener el orden en la ciudad, organizar los turnos en la cárcel, en los edificios sedes del poder y a evitar cualquier tipo de desmán, pillaje o violencia sobre personas y propiedades. A las seis de la tarde, la Guardia Civil salió de la ciudad escoltando a los ciudadanos que quisieron abandonarla.

—Cosa que tu familia no hizo…

Fernando es un abierto defensor de la república federal, si bien es menos abierto a la hora de valorar la revolución cantonal a la que internamente considera un experimento peligroso. Pero aunque no tiene cuerpo ni madera de héroe, el punto de romanticismo que envuelve toda revolución popular le hace sentir cierta envidia y admiración por sus protagonistas.

—¿Mover a mi padre de su casa? No hay revolución capaz de eso. Mi madre le suplicó que se marcharan, pero él decidió que su presencia era indispensable para negociar con los sublevados y evitar males mayores.

—Un noble motivo y, como se ha demostrado, con un buen resultado —Fernando se había metido de lleno en el aura del héroe.

—Lo sé, nos lo recuerda todos los días: «gracias a él se salvó la ciudad». Lo que no dice es que fue gracias a él y a otros ciudadanos de muy diverso pelaje, incluido algún cura, que mantuvieron la sangre fría y la capacidad de razonamiento necesaria en tales circunstancias. Bueno, continúo. El día 23 pasó sin pena ni gloria en total tranquilidad, las tiendas estaban abastecidas, la gente se ocupaba de sus asuntos y los cantonales redujeron su presencia visible en las calles para sosiego de los ciudadanos. Pero a las seis de la mañana del 24 de julio volvieron a despertarnos las cornetas. Al parecer habían llegado noticias de que los guardias civiles que habían salido dos días antes, acababan de emprender el viaje de vuelta acompañados por la fuerza de carabineros de Zamora. Y ahí fue cuando se preparó la marimorena. Los cantonales decidieron blindar la ciudad contra el asalto y prepararse para un asedio. Se cavaron trincheras en la puerta de Zamora y en otras entradas de la ciudad, y se levantaron barricadas en las zonas donde ya no quedaba muralla.

Los compañeros de mesa de Álvaro abren unos ojos enormes a medida que escuchan a su amigo. Siguiendo fielmente la narración, se imaginan la tan paseada puerta de Zamora atravesada por una gran zanja que se excavó a modo de foso. En sus extremos se amontona la tierra extraída, y los adoquines arrancados del pavimento se meten en la ciudad para ser utilizados como armas, arrojándolos

desde lo alto de los pocos paños de muralla que aún permanecían
en pie o desde los tejados de las casas que circundan Salamanca.
Hace menos de cinco años que se había decidido derribar la muralla medieval con el fin de permitir la expansión de la ciudad, pero
seguro que en aquellos momentos de posible asedio, sus defensores
lamentaron haber presionado tanto al consistorio para librarse de la
pétrea protección.

—La bandera roja de la república federal ondeaba en la catedral
y en todos los edificios oficiales, el alcalde dimitió, los ciudadanos
se echaron a la calle para saber qué pasaba. Una comisión de seis
vecinos, republicanos convencidos pero no cantonales entre los que
¡cómo no! estaba mi padre, fueron a hablar con la permanente de la
Diputación, y todos juntos se acercaron hasta la Junta de Gobierno
de los cantonales para conocer qué intenciones tenían al respecto. La
Junta quería resistir a toda costa, pero los diputados y los vecinos no
estaban por la labor, así que quedaron en reunirse otra vez cuando los
vigías situados en la torre de la catedral tocaran las campanas anunciando la aproximación de las tropas gubernamentales. El día 25, en
medio de una calma tensa, se eligió como nuevo alcalde a Francisco
de la Riva, quien publicó un bando marcándose como objetivo evitar
el derramamiento de sangre a través de la negociación con el ejército nacional. Lo que nadie sabía era si las tropas nacionales que-
rrían negociar o preferirían dar un escarmiento que sirviera de aviso
para los otros cantones que durante todo el mes habían surgido por
la península.

Fernando y Mateo ya no interrumpen a Álvaro. Dejando de lado
su natural tendencia juvenil a banalizar todo lo importante, se están
viendo a sí mismos en una ciudad sitiada, tomada por conciudada-
nos con los que tantas veces han podido cruzarse y conversar, pero
que ahora tienen un ideal y un arma, combinación harto peligrosa. El
desacuerdo sobre cualquier asunto político, que a finales del curso
pasado hubiera sido motivo, simplemente, de una acalorada discusión en aquel mismo Café de La Perla, durante los últimos días del
mes de julio pudo haber supuesto un arresto y un juicio sumario de
impredecibles consecuencias.

—¡Qué calladitos estáis!

—La verdad es que impresiona, ¡pensar que cualquiera de los que están aquí tomándose tranquilamente un café pudo haberte pegado un tiro porque no respetaste el toque de queda o algo por el estilo!

—Precisamente estoy viendo en aquella mesa a dos de los que fueron más activos. Les veía desde mi casa día y noche, calle arriba calle abajo, con el fusil al hombro comprobando, Dios sabe qué, como si les fuera la vida en ello.

El Gallego y el Marquesito se giran descaradamente para localizar a los aludidos, los cuales, al sentirse observados, cruzan sus miradas con los tres amigos y levantan sus copas a modo de brindis. Es natural el saludo, son conocidos del Café de La Perla.

—Un estado de guerra en toda regla —apunta Mateo, como presumiendo de experiencia en esas lides.

—Y tanto, como que el doctor Mario García organizó en su casa un hospital de sangre supervisado por monjitas, y en el hospital se prepararon habitaciones, quirófanos, material para atender a los posibles heridos, incluso en las casas particulares las mujeres rompían sábanas para hacer vendas.

—Pero las tropas gubernamentales tampoco iban a llegar en línea recta hasta Salamanca —comenta Fernando demostrando sus dotes de estratega—, antes hay otros pueblos a los que tendrían que doblegar, la proclamación del cantón independiente afectaba a toda la provincia.

—Marquesito, ¿te imaginas a los habitantes de Topas o de Aldeaseca de la Armuña haciendo frente a todo un ejército? Los pueblos no tenían nada que hacer aparte de claudicar. Una población con entidad suficiente es Béjar, pero…

Álvaro deja en suspenso sus explicaciones. Hacia él se acerca, con ademán de saludar, el dueño de una de las fábricas de paños más importante de Béjar, viejo conocido de su padre. Cuando el caballero se aleja, Álvaro continúa con sus explicaciones bajando la voz. Supone que dicho empresario no es partidario de los sublevados, pero una cosa es que no sea un cantonal y otra muy distinta que le guste escuchar comentarios ofensivos sobre su patria chica.

—… el caso es que el mismo día 24, cuando nos enteramos de que las tropas del gobierno se acercaban a Salamanca desde el norte, llegó la noticia de que fuerzas expedicionarias de Béjar se dirigían también hacia Salamanca desde el sur, y la gente no sabía a quién temer más.

Mateo no entiende el comentario de su amigo y pregunta de forma vehemente.

—Temer... ¿Los de Béjar no venían a defender la ciudad?

Tan vehemente que Álvaro le chista para que baje la voz mientras comprueba, de reojo, que ningún cliente les está prestando atención.

—Gallego, contrólate un poco que me vas a meter en un lío. Resulta que, casi al mismo tiempo que Salamanca, Béjar también se proclamó cantón independiente, y no teníamos muy claro si venían a defendernos o a conquistarnos.

Los compañeros de mesa de Álvaro se han quedado con la boca abierta. Necesitan un poco de tiempo para asimilar una información que descalifica los resúmenes idealizados que publicó la prensa. En un susurro, que es casi un grito, Mateo pregunta:

—¿Me estás diciendo que la provincia de Salamanca se proclama cantón independiente de España, que a su vez Béjar se proclama cantón independiente de Salamanca, y que lo primero que hace en su independencia es formar un ejército para conquistar a su antigua capital de provincia? ¡Esto es un sin Dios!

A Fernando se le acaba de caer un mito y expresa su desilusión con una reflexión lapidaria, de esas que merecen ser guardadas para la posteridad.

—Independizarse para luego querer conquistar al vecino echa por tierra la razón de ser del federalismo.

—Bueno, que eso de que venían a conquistarnos eran rumores... —se disculpa Álvaro, temeroso de que sus amigos antepongan el cotilleo al hecho.

—Cuando el río suena... Además eso mismo ha pasado en Murcia; allí sí que tienen montada una buena.

Mateo se refiere a la revolución cantonal de Murcia. Tras proclamar su independencia, desde Murcia y Cartagena se lanzaron expediciones marítimas y terrestres con el doble objetivo de extender la revolución a los territorios limítrofes así como de hacerse con suministros y dinero con los que abastecer a su importante ejército. En este caluroso mes de septiembre de 1873, Cartagena sigue siendo un reducto revolucionario en plenitud de facultades.

Los amigos se quedan en silencio reflexionando sobre lo difícil que es conocer la verdad de las cosas en estado puro, si es que es posible llegar a conocerla, o si la verdad auténtica y absoluta existe realmente.

El momento de reflexión dura poco, lo que se tarda en tomar un sorbo de café y recordar que Álvaro les está contando una historia de la que aún no saben el final.

—Continúo. El 26 de julio llega el gobernador civil de Ávila para actuar como mediador entre el Gobierno central y la Junta de Gobierno de Salamanca, aunque hablando con propiedad, la mediación fue realmente con la Junta de Gobierno de Salamanca y las fuerzas vivas de la ciudad.

—No me digas más, entre las que se encontraba tu padre.

—¡Cómo lo sabes, no se lo iba a perder! El caso es que se tiraron horas discutiendo. Los cantonales apelando al ideal de la República federal desde abajo, los moderados apelando al sentido común y al hecho evidente de que los experimentos cantonales del resto de España estaban cayendo uno tras otro. El empujoncito definitivo llegó de mano de las campanas de la catedral que tocaron arrebato anunciando las maniobras de aproximación a la ciudad de las tropas gubernamentales. Los hubo que sacaron pecho dispuestos a plantarse en la puerta de Zamora para morir matando, pero la mayoría optaron por una capitulación honorable porque, como dice mi padre: «vale más un mal acuerdo que un buen juicio».

—¡No te quepa la menor duda, muchacho!

El grupo de amigos está tan absorto, uno relatando los hechos y los otros escuchando, que no se dan cuenta de la presencia del padre de Álvaro hasta que este suelta su aseveración acompañada de una contundente palmada en el hombro de su hijo. Los tres se ponen inmediatamente en pie, como si el asiento quemara.

—Padre, no sabía…

—Juez…

—Juez…

—Buenas tardes caballeros, me alegro de verles de nuevo por aquí. Señor Castro, confío en que su señora madre se encuentre bien.

—Sí, ella…

—Y usted, señor Mallo, ¿qué tal su estancia en la capital? Espero que más tranquila que aquí.

—La verdad es que…

—Supongo que mi hijo ya les habrá contado…, fue una experiencia terrible, estuvimos al borde de la anarquía, del abismo, pero, gracias a Dios, hemos dado un paso adelante. Aunque los extremistas, y me refiero tanto a republicanos intransigentes como a monárquicos, han tirado cada uno para su lado intentando desestabilizar el país, sembrando el caos, tratando de forzar una salida en la que una minoría trató de someter a la mayoría por la fuerza, me enorgullece manifestar que la voluntad del pueblo expresada en las urnas y el sentido común han triunfado. Esto ya no tiene marcha atrás, federal o no, la república ha llegado para quedarse. Bien, me encantaría seguir charlando con ustedes pero sabrán disculparme, he de hacer unas visitas. Presenten mis respetos a sus familias… Ah, y les recuerdo que recibimos los martes, espero verles pronto por nuestra casa. ¡Buenas tardes!

La marcha del juez propicia que los tres amigos se atrevan a volver a respirar. De uno en uno se sientan lentamente, tratando de sobreponerse a la visita de tan impetuoso ser.

—Tu padre me da un poco de miedo —confiesa Fernando, casi desgranando las sílabas.

—Pues no te imaginas a mí, que vivo con él.

Una segunda ronda de cafés *cargaditos* devuelve el color a sus mejillas y la tranquilidad a sus espíritus.

—Entonces… ¿cómo acabó la cosa?

—Pues mejor de lo que ninguno pensamos. Después de horas de negociaciones se puso fin a la aventura del cantón independiente de Salamanca a cambio de que no se tomaran represalias contra ningún cantonal, a excepción de lo que dictaminaran los jueces sobre demandas concretas. Y la reparación de los daños en calles y puertas de la muralla, ocasionados por las barricadas y parapetos que se levantaron, serán sufragados por el ayuntamiento. Se calcula que al final costará unos 50 000 reales, más o menos.

—O sea, ¿que no pasó nada?, no hubo pillajes, ni daños personales, ni expropiaciones… En Madrid se comentaba que los funcionarios del Estado fueron acosados.

—Yo no tuve constancia de ninguna tropelía. Sé que a algún empleado de telégrafos se le declaró cesante, supongo que porque no quiso colaborar con los cantonales cuando tomaron las instalaciones, pero sin más trascendencia. En cuanto a la propiedad privada o la integridad de las personas, no se sufrió ningún daño. Incluso, para evitar el pillaje, los cantonales pusieron vigilancia en las casas de los que abandonaron la ciudad el primer día. Desde luego nadie nos molestó en nuestra casa, ni tuvimos limitados los movimientos por la ciudad, salvo cuando se realizaba algún tipo de entrenamiento o de preparación de las defensas.

—Es una forma muy civilizada de entender una revolución, y de solucionarla —comenta Mateo.

Entre los amigos se produce otro de esos silencios necesarios para digerir lo escuchado. Hasta que Fernando se da cuenta de que no han tenido el detalle de preguntar a su amigo por su circunstancia personal.

—Y tú ¿cómo lo llevaste?

—Si me guardáis el secreto, os diré que zurrado de miedo, temiendo que en cualquier momento los cantonales me reclutaran «voluntariamente» y tuviera que entrar en combate. A parte de eso, encerrado en casa casi todo el día con la sana intención de proteger a la familia mientras mi padre negociaba, y esperando que se olvidaran de mí. De todas las maneras, tampoco es que hubiera nada que hacer. En la calle había 33 grados de temperatura, los cantonales quitando y poniendo barricadas, las campanas y cornetas amenazando que si vienen las tropas, que si no vienen… es decir, que entre tanto calor y tanta política, los papás tenían a sus hijas encerradas en casa, muy a su pesar, y no había conciertos, ni teatros, ni recepciones… vamos, un aburrimiento.

—Pobre Alvarito…, una semana entera sin engatusar a ninguna señorita.

—Sí, sí, reíros, pero el haberme quedado en Salamanca me ha abierto muchas puertas y muchos corazones, tanto de las familias que salieron el primer día protegidas por la Guardia Civil, como de las que se quedaron a aguantar el chaparrón. Para las hijas soy un héroe con mil historias que contar y para los padres un defensor del orden establecido. Ya nadie se acuerda de que, hasta hace menos de dos meses, mi fama de donjuán ahuyentaba incluso a las criadas. Bien, ¿nos vamos?, ya sabéis, es la hora del paseo.

Los amigos se levantan entre guiños de complicidad y sonrisas plenas de felicidad reencontrada. La vida de estudiante es lo mejor que les ha pasado nunca, pretenden aprovecharla y dilatarla en el tiempo todo lo posible. Salen de un atestado café de La Perla saludando a diestro y siniestro. Parece como si el mundo quisiera olvidar cuanto antes la aventura cantonal y volver a su rutinaria a la par que bulliciosa vida. Y por si Salamanca necesitara más emociones de las que ya tiene, a la numerosa población estudiantil que invade cada curso la ciudad, hay que sumar en estos días el personal que está viniendo para llevar a cabo las obras del ferrocarril que, en cuatro años más o menos, comunicará Salamanca con Medina del Campo, y desde allí con la capital del reino. Perdón, de la República.

PRINCEPS CIVIUM

Ángel Revuelta Pérez

I

Avanzó por el largo pasillo con ese porte marcial que de manera natural desprendía su figura, aun sin la coraza, el casco y la espada. Los guardias apostados a lo largo del corredor, firmes como estacas dentro de sus impolutos uniformes, parecían erguirse aún más al paso del general, no tanto por la dignidad que anunciaba su toga como por la autoridad que emanaba de su persona y de la leyenda militar que lo envolvía. Se detuvo un momento ante las robustas puertas, inspiró de manera casi imperceptible y las abrió, entrando en la amplia sala con familiar confianza.

—¡Marco! Adelante, amigo mío.

El hombre, de similar edad al general y rubio cabello algo encanecido, se levantó de la silla y salió de detrás de la enorme mesa atestada de documentos, aproximándose con una sonrisa y los brazos extendidos para abrazar al recién llegado con efusión. El militar sabía que era sincero en su saludo y aun así, después de tantos años, no podía dejar de percibir una inquietante frialdad en cada gesto de aquel hombre al que consideraba su amigo; pero al que, en realidad, nunca había logrado conocer del todo, y cuya coraza (que había tallado meticulosamente durante toda su vida para proteger su enigmática e implacable personalidad), Marco jamás había logrado atravesar del todo.

—Me alegro de verte, Octavio.

—Y yo, Marco, y yo. Últimamente no nos hemos visto lo que me gustaría. Los asuntos de Estado son absorbentes, ya lo sabes. Cada vez añoro más los viejos tiempos. Creo que resultó más fácil acceder al poder que ejercerlo. En todo caso menos cansado. Te aseguro que cada vez entiendo más a mi tío; como siempre el más sabio: qué bien

81

sabía el peso que conllevaba la corona que rehusó sostener... por tres veces. Viejo zorro.

El primer ciudadano invitó con la mano a Marco Vipsanio Agripa a sentarse junto a una mesa dispuesta en un rincón del enorme despacho (auténtica escenografía de mármoles, marfiles, maderas nobles, sedas y dorados), sobre la que aguardaban dos copas, una jarra de vino y algunas viandas. Una vez acomodados, el propio Octavio sirvió el oscuro y brillante caldo de una preciosa ánfora decorada con motivos helénicos.

—Vino de Italia —explicó—, dátiles de Grecia, olivas de Hispania, dulces de Siria... Ventajas de vivir en el centro del mundo (de ser el centro del mundo, puntualizó mentalmente Agripa). Pero cuéntame, Marco, ¿qué tal la vida de recién casado?

—Oh, bien —esbozó una sonrisa—. Julia es una buena esposa. Hermosa y vital. Digna hija de su padre.

—Ya te lo dije. Una buena elección. Comenzamos a ser perros viejos tú y yo, Marco, y necesitamos mantener contacto con la juventud para revitalizarnos.

—¿Y cómo está Livia? —Preguntó Agripa.

—Oh, bien. Ya sabes: Livia siempre es Livia.

Octavio dio un trago a su copa, abstrayéndose, como si su atención se hubiera desplazado muy lejos, a algún rincón de la compleja arquitectura que conformaba su mente, atraída por uno de los innumerables problemas que saturaban aquel cerebro rector de un imperio desde hacía casi una década. Agripa aguardó en silencio.

—En fin —regresó repentinamente—, vayamos al grano. Por desgracia no es éste un simple encuentro de cortesía. Una vez más, Marco, te necesito. Necesito tu talento. Como sabrás, volvemos a tener problemas en Hispania.

—Los cántabros —afirmó Agripa—.

—Sí, los cántabros.

—Creía que habían sido pacificados.

—Lo creíamos todos. Es cierto que mantenían su espíritu rebelde y que periódicamente alguna de sus tribus se alzaba y se lanzaba al saqueo, nada relevante; pero en esta ocasión es diferente. Ahora nos enfrentamos a una rebelión generalizada... ¡Y debe ser la última! Por eso, querido Marco, necesito que marches a Hispania y aplastes a esos salvajes de una vez por todas. Mi paz, la paz romana no debe ser cuestionada dentro del *limes* por nadie, y menos por unos bárbaros desarrapados. Esos remedos de los viejos tiempos deben acabar: no hay sitio para el desorden en la nueva República.

Agripa reflexionó antes de contestar.

—Será una campaña dura. Dura y áspera.

—Lo sé.

—Correrá la sangre.

—La sangre hizo a Roma lo que es.

El general miró fijamente a su amigo, escrutando en sus ojos el significado último de tal afirmación. El cónsul le sostuvo la mirada y luego se giró hacia el amplio ventanal desde el que se observaba en todo su esplendor el paisaje urbano, extendiéndose como una perfecta maqueta más allá de la línea del horizonte.

—Marco —Octavio permaneció de espaldas, recortada su silueta contra la roja luz del ocaso—, eres un gran militar, el mejor de mi ejército, y un hombre de noble corazón, pero nunca llegaste a comprender bien las sutilezas de la política. Hace cinco años clausuré las puertas del templo de Jano y proclamé el fin de la campaña en Hispania; y ahora me encuentro con una revuelta que Publio Silio se ve incapaz de sofocar. Sabes que algunos siempre han cuestionado mi capacidad como estratega, remarcando mi dependencia hacia ti en cuestiones militares y proclamando tras las esquinas que sólo soy capaz de ganar guerras contra otros romanos. ¿Por qué crees que acudí a aquellas agrestes tierras a dirigir personalmente la campaña? ¿A aquel puñado de ariscas montañas dónde sólo nuestros más valientes legionarios son capaces de asentarse y colonizar? ¿Por unos salvajes que robaban grano a sus vecinos? ¿Por unos muertos de hambre vestidos con pieles, que lo mismo combaten bajo nuestros estandartes, que se ofrecen como mercenarios al primero que les ofrezca unos denarios de plata? No, Marco. Aquella guerra debía despejar toda duda sobre mi derecho a ejercer el *Imperium* sobre el ejército, y ahora… —Octavio relajó su gesto y sonrió a su amigo de la infancia—. La sombra de César es alargada, ¿no es cierto?

Se aproximó a la mesa y se sirvió otra copa.

—Si regreso de nuevo, sería como reconocer mi fracaso…

—Entiendo… No hacen falta explicaciones, Octavio. Sabes que puedes contar conmigo.

—Claro que lo sé, Marco. Pero lamento mandarte a un destino tan poco acorde a tu dignidad.

—No te preocupes por eso —Agripa distendió el tono, tomando la copa que le ofrecía Octavio—. Estoy un tanto cansado de las bondades de Oriente. Me vendrá bien la refrescante brisa del océano.

—¡Oh! —Puntualizó el tribuno tras reírse—. No veas esta campaña como algo baladí. Ninguna guerra lo es. Roma es mucho más que una ciudad, Marco; más que un Estado, una República o que un Imperio… Roma es la civilización, la razón, la luz. Nuestra misión es iluminar un mundo en tinieblas, bárbaro y violento. Crear orden donde reina el caos, imponer un gobierno fuerte que extirpe la anarquía. La unificación de las orillas del Mare Nostrum, la pacificación de las guerras civiles que durante décadas devoraron las entrañas de la República, la prosperidad conseguida durante estos años, todo lo que hemos construido, tú y yo… Tenemos una responsabilidad, amigo mío; dura sí, pero irrenunciable. Somos un faro de esperanza y no podemos fracasar, pues el porvenir de una civilización depende de nuestras decisiones. No hay lugar para la duda ni para la flaqueza. Así que ve, Marco Vipsanio, ve a pacificar los confines de mi imperio.

Tras apurar el vino y continuar la conversación con banalidades y viejos recuerdos de juventud, Agripa se despidió, cerró la puerta tras de sí y caminó de nuevo por el pasillo, tomado ahora por las sombras del anochecer que apenas disipaban las titubeantes llamas de las lámparas de aceite prendidas por los esclavos. Los pretorianos que permanecían firmes contra los muros parecían los mismos que a su llegada: iguales armaduras, iguales lanzas, iguales rostros… pero eran otros en realidad, pues ya se había producido el cambio de guardia. Alcanzó silencioso el amplio pórtico columnado de la entrada del palacio y salió a la calle, protegiéndose dentro de la toga del frío que sobre la ciudad arrojaba la helada. Al verlo salir, su fiel conductor aproximó el *cissium* para recogerlo y fustigó a los caballos camino de casa. A lo lejos, más allá del Palatino, sobre la negra superficie del Tíber titilaban los reflejos de un cielo estrellado, lejano e impasible.

II

No recuerdo cómo he llegado aquí. Sé que provengo de otro lado, que he cabalgado desde otro lugar, pero soy incapaz de recordar más allá de este momento por mucho que me esfuerce. Es la misma sensación que intentar superar tu campo de visión girando los ojos a un lado, hasta el límite; resulta frustrante. No es que veas oscuridad o vacío: no ves nada, pero sabes positivamente que sí hay algo, que existe una realidad que eres capaz de intuir. De igual modo, sé que poseo un pasado previo a mi aparición aquí, pero soy incapaz de recuperarlo. Ello me produce un fuerte sentimiento de impotencia y desasosiego.

El lugar donde estoy no lo reconozco. Un estrecho valle surcado por un río que discurre sobre rocosos desniveles, encajonado entre montañas preñadas de abundante y salvaje vegetación pintada de múltiples tonalidades de un verde vivo y húmedo. La brisa que surca el cielo azul y despejado transporta consigo un sutil olor, inconfundible: es aroma a sal, a agua indómita, a océano. El mar está cerca.

No he visto antes este paisaje, y sin embargo… de alguna manera me resulta familiar, como si pulsara en algún recóndito punto de mi mente una tecla, una conexión con este paisaje inquietante.

Mi visión es dificultosa, como si una neblina me rodeara. Después mis ojos se acostumbran, acoplándose a la singular vibración que emana esta tierra, y un rojo resplandor comienza a delimitar formas, superficies, perfiles. La luz, tenue, me parece en un principio generada por un extraño ocaso; o tal vez la aurora, pues no soy capaz de calcular el momento del día en el que me encuentro. Pero luego intuyo que esa luminosidad no es natural. Hay un cierto temblor que hace palpitar las sombras encarnadas. Un golpe de pánico me asalta, al imaginarme inmerso en un inabarcable mar de sangre. O quizás sean mis ojos inyectados, que tiñen del color de sus capilares todo lo que me rodea.

Mi corazón se calma cuando entiendo que no es nada de ello, aunque la explicación a la que llegó no es, en absoluto, tranquilizadora. El rojo resplandor es provocado por el fuego. Docenas, quizá cientos de hogueras arden más allá de la línea del horizonte, con tal intensidad que su brillo lo impregna todo: cielo, nubes, montes, bosques, prados, rocas, ríos... No logro ver el fuego desde donde estoy, pero puedo discernir su posición por la mayor intensidad de la luz allá donde crepitan las llamas. Aspiro con fuerza a través de las fosas nasales y el fuerte olor a quemado las inunda.

Comprendo la inutilidad de permanecer aquí parado, así que azuzo a mi caballo y le hago trepar, despacio, sobre la empedrada calzada en dirección a las espectrales hogueras. ¡Necesito saber, comprender dónde estoy, qué está ocurriendo!

La vía se me hace extraña, con su recto trazado tendido sobre el verde manto de hierba, violando como un intruso desestabilizador el salvaje paisaje, exultante de vida.

Al avanzar, allá entre la bruma comienzo a distinguir ciertas formas que se definen como sombras que no logro identificar, pero que me inquietan, como si evocaran un recuerdo indeseado. En un principio me parecen árboles, dispuestos en línea a ambos lados de la carretera. Pronto desecho la idea, pues sus frutos no se asemejan a los de ninguna especie que yo haya conocido, y sus líneas resultan en exceso rectangulares para pertenecer a especie vegetal alguna. Sean lo que sean, no son objetos naturales: son creaciones humanas. Entonces lo comprendo. Cruces. Son cruces. Ambos linderos del camino se hallan amojonados por enormes cruces de madera... con hombres clavados a ellas. Docenas, ¡cientos!, hasta donde se pierde la vista. Avanzo entre ellos, veo sus rostros crispados por el dolor de la lenta agonía que precedió a la muerte. Sus cuerpos adquieren extrañas posturas, antinaturales, como muñecos desencajados. El resplandor escarlata los transmuta, volviéndolos espectrales, como anómalas esculturas. ¡Y sus ojos! Sus ojos muertos, velados, se clavan en mí acusadores.

Angustiado azuzo al caballo, acelerando su paso hasta galopar. Pero no logró escapar. Las cruces nunca se acaban. Detrás de cada una aparece otra, y otra, y otra... Enfebrecido me lanzo al frente, fija la vista en la línea del horizonte, esperando que tras ella desaparezca la siniestra visión, el olor a putrefacción, a muerte. Pero nunca la alcanzo. La escurridiza línea que separa tierra y cielo permanece siempre a la misma distancia y sé que nunca lograré escapar de este paraje infernal.

¡De repente algo se cruza en mi camino! Entreveo una figura que parece corporeizarse de la nada en medio de la calzada y apenas tengo tiempo de detener a mi montura para evitar arrollarla. Logro parar a un metro escaso de ella, que no ha hecho ademán alguno por apartarse; ni tampoco parece mostrar sorpresa ni temor por mi presencia. Me quedo quieto, mirándola, mientras procuro calmar mi respiración, tan agitada por la frenética carrera como la de mi cabalgadura. Me saco el yelmo para tratar de secar las gotas de sudor que cubren mi frente y que se deslizan por mi cara, dificultándome la visión a causa de la sal que introduce en mis ojos. Me sobo los párpados cerrados, provocándome lágrimas que me alivien, y al abrirlos ella permanece ante mí.

Es una anciana, flaca y de apariencia frágil, con larga y desgreñada melena encanecida y cubierta por andrajosas vestimentas hechas de pieles, típicas de los montañeses que habitan estas tierras (de repente creo reconocer el lugar donde me encuentro y sé que estuve en él, hace… ¿cuánto? ¿Y cómo he vuelto?). Sus ojos me observan vivaces, intensos, desmintiendo la edad que aparenta, antes de abrir su boca desdentada.

—Marco Vipsanio Agripa.

—¿Me conoces? —Le pregunto para ganar tiempo: al oír mi nombre lo reconozco. Mi memoria se está recuperando. Y aunque una niebla sigue empañando mis recuerdos, como si mirara a través de un cristal translúcido que me permitiera distinguir formas y sombras pero no identificarlas, sé quién soy—.

—Todos te conocemos en estas tierras, general.

—¿Dónde estoy?

—Deberías reconocer el lugar. Todo lo que te rodea es obra tuya.

—¡No puedes hacerme responsable de… esto! Soy un soldado. Sólo cumplo órdenes. Si hay un culpable sois vosotros, por vuestra deslealtad, por rebelaros contra la autoridad y la ley. Vosotros, los montañeses, comenzasteis esta matanza; vuestra es la responsabilidad de su resultado. Yo, lo único que hice fue acudir a sofocar la rebelión, a acabar con la guerra que tus compatriotas habían comenzado al rechazar la paz romana, a terminar de una vez con toda esta sinrazón. Yo no comencé la carnicería: sólo soy responsable de haberle puesto fin.

—Me decepcionas, general. No esperaba una respuesta tan cobarde de un hombre tan grande.

—¡Es la verdad! Soy un funcionario y la guerra es mi función. Mi lealtad es para con el Estado.

—Roma.

—Sí, Roma. Roma lo es todo. Fuera de ella nada hay, sólo el caos, la anarquía, la barbarie.

—Y Roma es Octavio, el Augusto.

—Sí... Roma es Octavio.

—Y tú, ¡oh Agripa!, siempre fuiste un leal siervo de tu señor.

—Octavio trajo la paz y la grandeza a Roma. Y Roma quiere a Octavio. No puede existir la una sin el otro. Lo que es bueno para Roma, es bueno para el César. Y mi misión es proteger la obra de Octavio.

—¿Es esa tu excusa? —Pregunta socarrona— ¿Es lo que te dices cada noche cuando te quedas a solas con tu conciencia? ¿Lo que oculta el olor de los cadáveres, el llanto de los huérfanos, la pena de las viudas? ¿Eso te permite dormir?

—¡Basta! ¡No te permito que me hables así! Yo no tengo por qué darte explicaciones. Ni a ti ni a ninguno de los salvajes que pueblan estas tierras. ¡Apártate de mi camino!

La mujer me mira con gesto burlón, dejándome claro que no le impresionan ni mi nombre ni mis títulos, ni mis hazañas ni mis cargos; que no le conmueve la autoridad de mi voz, bajo la cual han avanzado ejércitos enteros, y ejércitos enteros han sucumbido.

Ríe porque mi reacción le demuestra que ha visto a través de mi alma como si estuviera hecha de cristal, y ello me sulfura aún más. Le ordeno que se calle pero mi enfado parece divertirle. Ciego de ira extraigo la espada de su funda, la elevo sobre su cabeza y golpeo con furia.

III

—¿Siempre es igual?

—Sí. Siempre.

—¿Entonces despiertas?

—Cada noche. Empapado en sudor, con el corazón desbocado

como si el pecho fuera a partírseme en dos para luego escupirlo fuera de mi cuerpo.

Agripa se levanta del lecho con dificultad, apartando las arrugadas y empapadas sábanas y arrastrando su viejo cuerpo hasta la mesa donde descansa la palangana con agua. Moja sus manos y humedece su rostro, intentando despejarse de otra noche de escaso y nada reparador sueño. Observa su reflejo en el pulido metal del escudo que utilizan como espejo: el cabello escaso y ralo, las abultadas bolsas bajo los ojos, las arrugas de un rostro en el que resulta difícil intuir al hombre que fue en su juventud... ¿Esto es? ¿En esto acaba todo? ¿Aquí desembocan el ruido y la furia? ¿En esta máscara de decrepitud? Mira a su esposa y siente que la diferencia de edad entre ambos, socialmente aceptable cuando se casaron, resulta ahora dolorosamente evidente.

—¿Sabes lo que significa?

Él aguarda antes de contestar, reflexivo.

—Sí, sé lo que significa, Julia. ¿No lo sabemos siempre? ¿No conocemos en el fondo el auténtico significado de los sueños que ocultan algo importante? Podemos negarlo ante los demás, podemos autoengañarnos, pero en el fondo siempre sabemos lo que pretenden decirnos… sobre aquella parte de nosotros que menos nos gusta, que pretendemos apartar, hacerla desaparecer… pero que se empeña en regresar una y otra vez para mostrarnos el reflejo de nuestro feo rostro, el verdadero.

Se sienta torpemente en el borde de la cama, como si arrastrara sobre sus hombros todo el peso del mundo y permanece callado. Masajea con la mano su frente intentando apartar de ella una invisible neblina que le impide pensar con claridad. ¿Le permitirán los dioses alguna vez volver a dormir con normalidad? ¿Hasta cuándo habría de prolongarse su castigo?

—Esposo mío, me mata verte así —Julia se coloca a su espalda y le abraza—. Eres un hombre bueno y justo, yo lo sé. Todos aquellos que te quieren lo saben. No debes torturarte por haber cumplido con tu deber. Gracias a ti vivimos en una Roma próspera y segura. Una Roma en paz. ¿Recuerdas cómo eran antes las cosas? ¿Antes de que mi padre y tú asumierais la responsabilidad de enderezarlas? La violencia, el crimen, la guerra civil… la República estaba enferma;

enferma de vileza, y su mal amenazaba con destruirnos a todos. Pero Octavio, con tu ayuda, la curó, la revitalizó y nos regaló a todos una nueva República… una Roma mejor, con fronteras seguras sin bárbaros amenazando nuestras puertas. Y nunca lo habría logrado sin tu ayuda. Ese es tu legado, Marco Vipsanio Agripa. Recuérdalo siempre.

Él gira su cabeza y observa a su esposa. Le mira a los ojos durante largo rato, sin pronunciar palabra. Y por un instante cree oír el eco distante de una risa, la carcajada de una mujer cubierta con pieles y de incalculable edad. Y más allá de la ventana confunde el rojo cielo del alba con el resplandor escarlata de un enorme incendio, sobre el que se recortan las siluetas de cientos, miles de hombre agonizantes clavados a cruces de madera.

LIFE (MUERTE DE UN MILICIANO)

José María Fernández Vázquez

—¿Y si le pegamos un tiro? —preguntó el hombre a su compañero—. Es fácil, tenemos un fusil, esto es una guerra y ya está. Estoy del inglés un poco…, es un buitre. Mira, desde aquí lo tengo a tiro… Pum y ya está… Muerto el perro, se acabó la rabia… Y nosotros a lo nuestro… que es luchar… ¿No te parece buena idea?, ¿a qué sí?

—No seas bruto, Isidoro —respondió el otro hombre—. Para empezar no es inglés, es americano…

—A mí me han dicho que era de Europa, pero de por ahí lejos —interrumpió Isidoro.

—Da igual de dónde sea. Es un periodista famoso y está haciendo fotos a nuestro favor. En Europa ven las barbaridades de los fascistas por las fotos de hombres como estos y nosotros estamos aquí para protegerlos. Las guerras se ganan hoy de otro modo… Las balas solas no bastan. Es una guerra más moderna y la propaganda, los carteles, todo vale para vencer a esos traidores… Anda enciende un pito. Estas fotos se verán en Europa, en América y todos sabrán por qué luchamos.

Los dos hombres se apoyan sobre un coche requisado. Van vestidos con un mono, con gorra isabelina sin borla. Fuman tranquilamente mientras ven al extranjero que se acerca a una zanja que le sirve de protección; le acompaña una mujer también extranjera.

—Manuel, ¿te gusta la mujer?

—No está mal.

—Pues yo no lo entiendo. ¿Tú traerías a tu mujer al frente a que la maten o le hagan cualquier barbaridad? Yo…, a veces no entiendo nada.

—Isidoro, la mujer también es hoy nuestra compañera, nuestra camarada y ocupa el mismo lugar que el hombre.

—Déjate de gaitas y de niños muertos… A anarquista tú no me ganas, pero… ya te digo.

Los dos hombres observan cómo la pareja está cobijada en la zanja. Hablan con unos soldados en el frente, les hacen fotos en varias posiciones: en posición de tiro, de victoria… La tarde está tranquila, el frente no tiene movimiento y aquella zona la ocupan unos milicianos venidos de Alicante. Hace calor porque el verano todavía no ha terminado. La guerra hasta parece que no existiera si no fuera porque los hombres llevan armas y gorros uniformados. Visten de civil la mayoría porque las milicias todavía no se han equipado del todo.

—Estaremos aquí hasta que ese hombre tenga un muerto —comentó Isidoro arrojando el pitillo al suelo—. O hasta que se haga de noche y lo llevemos a Espejo. Y mañana iremos a buscar a otro muerto.

—No se trata de eso.

—Sí, solo interesan los muertos —siguió Isidoro—. La guerra no es buena.

—Luchamos por la libertad.

—Ya te he dicho que a anarquista nadie me gana…

La tarde parece paralizada. Nada suena salvo el ruido escandaloso de las chicharras. No hay sombra y los hombres, con las blusas arremangadas, esperan a que el extranjero decida marcharse. Mientras esté por aquí es su responsabilidad. Deben llevarlo, traerlo, protegerlo… Su responsabilidad. Los dos milicianos observan cómo un muchacho joven sale de la zona atrincherada. Espigado, un poco chulo, pensaría Isidoro. Mira con descaro hacia la supuesta ubicación enemiga. Se siente seguro en su juventud. Avanza hasta unos metros. Parece que nunca lo pudieran matar y que la guerra la ganaría él solo.

—Ese muchacho es tonto —exclamo Isidoro—. Le pueden matar.

—No pasa nada —respondió Manuel—. La tarde está tranquila, hace calor y nadie tiene ganas de ponerse a pegar tiros. Ni por la libertad, ni por lo que defiendan esos fascistas.

—A ver si nos vamos ya, me estoy poniendo nervioso por el chico ese, por el fotógrafo, por el calor.

—Cálmate, Isidoro. No pasa nada.

De pronto, el ruido de las chicharras es suplido por el estruendo de una batería ametralladora. Los dos hombres, instintivamente se apoyan en el coche con los fusiles en alto mirando hacia donde está el fotógrafo y la mujer. Los ven protegidos tras la pendiente. Ven también que el muchacho de la camisa blanca empieza a correr con la intención de parapetarse en la trinchera. También observan cómo la pareja de periodistas sacan sus cámaras y por encima de sus cabezas empiezan a hacer fotos. De pronto, el muchacho cae extendiendo los brazos en su caída, suelta el fusil y aprieta los puños.

—En la espalda —comenta Isidoro—. Valientes hijos de putas.

—En la cabeza —asevera Manuel.

El fuego se intensifica. Los disparos suenan por todas partes y los dos hombres se acercan a la trinchera para ayudar a sus compañeros. A un par de metros, el muchacho yace muerto. Disparan hacia una posición no identificada. El tiroteo dura unos minutos. La tensión dura más. El muchacho muerto mira hacia la trinchera. Isidoro observa cómo otro muchacho que parece más joven suelta algún hipido y ve en su rostro unas lágrimas que pueden ser de miedo o de pena. Isidoro observa a la pareja que guarda sus cámaras como un tesoro. Al cabo de un rato, la pareja indica a Manuel e Isidoro que quieren marcharse y los hombres les hacen señas de que deben esperar hasta que se tranquilice todo. La tarde va cayendo lentamente y les gustaría recoger a sus compañeros muertos.

En el coche, Isidoro y Manuel van en silencio. Observan como Robert Capa y Gerda Taro mantienen una animada conversación que los dos hombres no entienden.

—Te lo dije, Manuel. Ya tienen su muerto.

INSIGNIFICANCIA

Miguel Enrique Alonso

—Decidme, buen Marqués de Piedramora, ¿podéis ahora hacerme partícipe con más detalle y propiedad de lo que hayáis averiguado sobre aquel joven caballero que vemos allí?

El eco de sus voces desfallecía discretamente sobre el lienzo de alegorías que observaban la escena desde el eterno silencio de los venerables tapices en el Salón de las Columnas del Palacio Real. Sus hilos, tejidos seis generaciones antes por exquisitas manos flamencas, guardaban secretos que, de saberse, habrían cambiado la historia de España, y con ella, la del mundo.

—¿A quién os referís, eminencia reverendísima?

Con sutil gesto de sus regordetas manos que reposaban sobre la redondez de su vientre purpurado, el obispo señaló hacia un grupo de jóvenes beldades que intercambiaban miradas risueñas mal disimuladas por el aleteo de sus abanicos de nácar. Como jactancioso urogallo asturiano de henchido pecho azul y cola en abanico, en su centro se destacaba la figura de un joven. De buen vestir, porte agradable y parda cabellera de abundantes rizos, sus pupilas castañas miraban a sus contertulias con la fogosa altivez propia de sus diecinueve años. El atrevido trazo de cejas negras en arco que prometían rotundidez y firmeza de carácter en años venideros, acentuaba las palabras que tan rendidas tenía a sus damas. El aplomo de sus gestos varoniles compensaba un cierto menoscabo en la estatura que Dios le había proporcionado para el equipo de sus andanzas por el mundo de los mortales.

—Ah, sí, el joven americano. Le conozco bien —respondió el marqués sin ocultar un comedido entusiasmo en su voz.

—Recordaréis que vos y yo, ilustre amigo, reparamos en él hará cosa de tres o cuatro años, si la memoria no me hace una de las suyas, cuando se presentó aquí en la corte. Imberbe y desmañado entonces, percibo progreso notable en su camino hacia el caballero de mundo.

No habíamos vuelto a coincidir en estos salones, y verle de nuevo entre nosotros me hizo pensar que tal vez se trate de persona principal, de lustre e importancia, heredero de títulos y fortunas.

—Más de las segundas que de los primeros podría decirse, eminencia.

—Oh. Me intrigáis con vuestras tasaciones del petimetre, señor marqués. De modo que noble no es.

—De nobles antepasados cuyos títulos se han perdido con el tiempo, podría decirse que sí.

—Ah, ya veo.

—Si me permitís la observación, monseñor, a fe que vuestra curiosidad obedecerá a motivos de peso y sabia ponderación, sabiéndoos distante como lo estamos aquí de las estrellas, del pecado de la vana curiosidad, siendo como sois asiduo practicante de la prudencia y la moderación.

—Teneos de lisonjas, amigo mío. Mas no debéis confundir la humildad que profeso como obispo, con la necesidad de informarme de lo que ha menester a los fines de proporcionar a don Carlos IV, a quien Dios guarde muchos años en el trono y más sabiduría le dé, eso sí, los consejos que convenga a la buena marcha del Estado. Nunca dudéis de mis empeños como implacable velador de la defensa de los intereses del reino, que a no pocas vicisitudes y amenazas se ha visto enfrentado en estos años.

—Lleváis razón, eminencia. Si la despedida del viejo siglo nos ha deparado una tragedia tras otra, ruina, guerras, el pueblo soliviantado, el hambre campeando en las villas, los ejércitos vencidos, el que se estrena asoma ya una mueca de muy aciagos presagios. Y nuestro rey, entretanto, más ocupado en salir de caza, tocar el violín y hacer de relojero que otra cosa. ¡Molicie inverecunda, monseñor! Y perdonad la indiscreción. Os lo digo con la mayor reserva por la confianza que como amigo de tantos años me merecéis, eminencia.

—Descuidad, mi querido marqués. Consideradlo como secreto de confesión. Pongámosle fecha si queréis, la de hoy, 23 de abril de 1802.

—Me tranquilizáis, amigo mío. Pues os digo que muchos males arrastramos, empezando por esa revolución de los parisinos, siempre tan dados a la inconformidad, la asonada y la endiablada insurrección, y perdonad la expresión pero no se me ocurre otra más apropiada para calificar el desafuero continuado de los franceses contra toda la nobleza, decapitando a troche y moche hasta su propio rey, el desgraciado Luis XVI y la Austríaca, sin que merme aún la fuerza de su crueldad, su sevicia y determinación de borrar a Dios del sobrehaz terrestre.

Un destello fugaz se dio cita en los ojos de ambos hombres que recogían como llamas propias el reflejo de las lágrimas de cristal y bronce sobredorado de las arañas francesas que iluminaban, desde incontables velas, el espacioso volumen del exquisito Salón de las Columnas del genial Sachetti. Impelidos por el giro que tomaban sus palabras, sus cuerpos se aproximaron medio paso, mientras labios y oídos se buscaban pretendiendo huir, al abreviar el espacio entre ellos, de oídos indiscretos de la numerosa y granada concurrencia que se había dado cita en Palacio, como era de uso cada atardecer.

—Mudanzas veremos, cuidado si hasta del suelo mismo que hoyan nuestros pies. Reparad en lo que os digo, señor marqués.

—Teneos, eminencia reverendísima. ¿Acaso no exageráis un poco? Cierto es que Bonaparte, ahora cónsul de Francia, con sus ínfulas de vencedor de Egipto y Tolón, anda dando mucho que hacer. Aun así, quiero pensar que no pasa de ser un simple corso, ambicioso y con talento militar, a no dudarlo, pero que aún lleva el estiércol entre los dedos de los pies. Carece de la sangre noble que haría falta para llegar a ser adversario de alguna importancia para nosotros, mucho menos para Europa. Si las potencias coronadas nos pusiéramos de acuerdo, se le aplastaría como a una miserable hormiga.

—Puede que os equivoquéis. Recordad que fueron los girondinos los que llevaron las fronteras de la pervertida Francia hasta engolfar el Rosellón, el Pirineo, Navarra y las Vascongadas, devorándose un buen pedazo de España hace pocos años en esa desafortunada guerra de la Convención. Con todo y nuestra alianza con los ingleses en aquel aciago momento.

—Mas, gracias al príncipe de la Paz logramos recuperar aquellos territorios, eminencia, que siempre hay solución para todo con voluntad política y si Dios lo considera justo.

—Si Deus nobiscum, quis contra nos?

—Que así sea siempre. No hemos de negarle el crédito al señor Godoy, por más que deseara que mal rayo le partiese el alma en mil pedazos. Y disculpad tan poco cristianos sentimientos que me despierta el valedor del rey, eminencia, pero es que a ése no lo paso ni con sal y ajo.

La voz de ambos notables descendió aún más hasta confundirse con el susurro de los mármoles. Miradas de airada curiosidad parecían precipitarse sobre ellos desde el bronce del emperador don Carlos V, a cuyo pie hablaban y al que nadie se ocupaba, desde hacía dos siglos, de ponerle al día en las cuestiones de estado que tanto agobiaban al reino. Si acaso, la caricia del plumero de alguna fámula sin nombre le quitaba el polvo de vez en cuando. Flotaba entre ellos la estridente presencia de los graves asuntos de gobierno a los que no se veía otro devenir que el de la ruina de España.

—Desde luego, ahora se ha dado la vuelta a todo y resultamos ser aliados de los franceses. ¡De ver y no creer! Andamos muy de malas en el campo de batalla.

—¡De locos, monseñor, de trastornados, os digo! Turbio asunto que tiene las arcas reales tan agostadas como los ánimos y el temperamento de nuestro rey para la política.

—¡Y a qué precio y consecuencias, señor marqués! «Regum lapsus poena populorum», los regios errores los pagamos todos.

—Sin tomar arte ni parte. Cita notable ¿De quién es, que no recuerdo...?

—San Ambrosio.

—Oh, me doy por enterado. El santoral está tan lleno que ni cabe en los días del calendario, monseñor.

—Y los que faltan. Por desgracia, las cosas no se detienen en Europa, amigo mío. Me preocupa sobremanera que al gabacho le hayamos tenido que entregar la mitad poniente de La Española, posesión nuestra por derecho divino, de conquista, Tratado de Tordesillas mediante, refrendado en su momento por Dios por intermedio del santo padre Alejandro VI...

—Sí, el Borgia de Gandía, ladino, procaz, calculador y de triste recuerdo, eminencia reverendísima. De haber habido más papas como él ya seríamos todos musulmanes, os lo aseguro.

—No blasfeméis, señor marqués. Bien por el contrario, puedo deciros sin que me duelan prendas que la confesión de Mahoma abrazaríamos todos hoy de no haber contado con papas ladinos y calculadores, como vos lo entendéis. Cierto es que la cristiandad también ha tenido que recurrir a métodos poco divinos, más avenidos con la cloacal política de los hombres y por ello más eficaces en el mundo secular, que jaculatorias, misas y procesiones en el del espíritu, que poco entiende de poderes regios e intereses mezquinos.

—Si no queda más remedio, habrá que soportar al ocupante del trono de san Pedro como al aceite de ricino en ayunas, eminencia.

—De siempre he creído que lo esencial de nuestra posesión de La Española ha sido la evangelización civilizadora, desde el mismo día de su descubrimiento por el almirante Colón, hace algo más de tres siglos ya. Si murió gente entonces, sería para la gloria de Dios. Imposible negar que ese vergonzoso Tratado de Rijswijk, por el que aquella porción de nuestra isla ahora se gasta el sonoro nombre de Saint Domingue francés, duela como un acceso de gota a media noche. ¡Voto a Dios!

—Tierra yerma de poco fruto y demasiados esclavos para mi gusto, eminencia. Aquello nunca fue de nuestro interés y a los franceses les dejamos el campo libre para hacer y deshacer a su antojo desde hace más de un siglo. Por lo demás, recordad que fue don Carlos III el que les cedió el territorio formalmente casi treinta años ha, con la firma de Aranjuez del setenta y siete.

—Nunca imaginó el buen rey en aquellos días que sobrevendría una toma de la bastilla una docena de años después.

—El día menos pensado, aquellos africanos del Saint Domingue se pasan a cuchillo a los hacendados franceses y entonces...

—Lo han hecho ya; me dicen que aquello está que arde. Mas no es eso lo importante, al fin y al cabo ya no es asunto nuestro. Lo que sí debería quitarnos el sueño es que el Saint Domingue, situado allí en el corazón del Caribe, está a mitad de camino entre nuestros reinos americanos y las provincias libres de América del Norte, por no decir a tiro de piedra de la Jamaica inglesa: ¡nido de corsarios y bucaneros! Considerad: a un día o dos de navegación de Santiago de Cuba, una semana de vela de la costa de la Capitanía General de Venezuela y de Cartagena de Indias. ¡Se arma allí una escuadra enemiga y no podremos detenerla! Porque no es solo la República Francesa la que perturba la vigencia de la monarquía. Es la América misma. No nos llamemos a engaño.

—Oh, siempre pensé que eran galos, ingleses y piratas berberiscos nuestros enemigos consuetudinarios, eminencia, y perdonad mi cortedad si no es así.

—Vive Dios que no han dejado de serlo desde que Castilla existe. Es la envidia que les carcome el entendimiento. Pero ahora son esos advenedizos de la América del Norte, antes inglesa, nuestra mayor amenaza, aunque aquí nadie se dé por enterado; campesinos de escasa instrucción, aquella gentuza, pero por tener la bolsa llena, han tenido el descaro de declarase todos iguales ante Dios y la Ley. Los dirige una purria de peligrosos francmasones, fanáticos y decididos. Les conocemos con nombres y apellidos, Washington, Jefferson, Franklin, Adams... y una treintena más de facinerosos e intrigantes que creen poseer la verdad final. Gente de peligro, os digo.

—Lleváis razón, eminencia. Al romper con Inglaterra lo han hecho con la civilización. Desconocen todo título, toda sangre noble, toda tradición milenaria que arrastramos desde Carlomagno a estas fechas, para darle el poder de decidir, hacer y deshacer a un pueblo que no sabe de la misa la media.

—¡Es escandaloso, *instrumenta diabolum*! Mas no es tan profunda y difícil materia táctica lo que debe interesarnos ahora sino la materia estratégica, para enfrentar los años venideros que se nos vienen encima como una ola funesta de inusitada fuerza en este mar borrascoso de la historia que está a punto de escribirse.

—Conforme vuestro razonamiento, eminencia, esos palurdos rompeterrones de la América septentrional no se contentarán con quedarse en casa acariciando su dinero y su execrable Constitución, sino que no tardarán en enviar emisarios en las cuatro direcciones para propalar sus aborrecibles principios. Esos nos darían muchos dolores de cabeza si en nuestras colonias americanas deciden imitarles. La Saint Dominique francesa podría ser tránsito de armas y capitales, núcleo de rebeliones, si nuestra actual alianza con París se rompiese ¿No es así, eminencia reverendísima?

—Decís bien, siendo esta alianza tan frágil, quebradiza y a capricho de un valedor de cuna plebeya como lo es Godoy, hoy encumbrado, mañana quien sabe si pudriéndose en alguna ergástula. Las tornas de la fortuna giran según lo que Dios nuestro Señor tiene a bien decidir y eso no está en nuestras manos, pero a una velocidad que marea.

—Mentiría si os manifestara mi desacuerdo. Ya tuvimos a Godoy en desgracia, apartado del poder hasta hace dos años atrás en tiempos de Mariano Urquijo. Habrá que concederle una habilidad muy fuera de lo común, si supo ganarse de nuevo el favor del rey después de aquella afrenta.

—De la reina María Luisa, queréis decir.

—Y de los largos dedos de Bonaparte. No olvidéis que fue él quien ordenó destituir a Urquijo y reponer a Manuel Godoy en el cargo. Y don Carlos IV, obsecuente, obsequioso y hasta servil, me atrevo a decir, obedeció prestamente como un corderillo amedrentado. Así andamos en España, eminencia, gobernados desde fuera por poderosas fuerzas que superan de largo a nuestra casa real, que ese Goya no se cansa de retratar cubriéndolos de joyas, sedas finas y damascos, reflejando con ello su vanidad.

—Aunque hay alguna figura que cara de urraca asustada le ha puesto. En fin, Amén. ¿Entendéis ahora, señor marqués, por qué me interesa tanto todo americano con ínfulas y poder que se presente en la corte de Madrid a lucir prendas y oropeles, propalando quien sabe qué nefandas y envenenadas ideas liberales? Si el Nuevo Mundo se envalentonara, si allá se llegara a conocer en profundidad la debilidad de nuestra posición, acosada desde los cuatro costados con un rey de poco lucimiento, muy por debajo de estos desafíos y las arcas tan menguadas, pronto nos veríamos desbordados ante mayúsculo conflicto que lejos estamos de poder enfrentar y mucho menos ganar.

—Percibo el rumor del trueno en el relámpago de vuestras procelosas palabras, monseñor. Tal vez extremáis vuestros agoreros pronósticos para nuestros reinos americanos.

Pese al frescor de la primavera, que se abría camino en perfumadas vaharadas desde el Zaguán y el Salón de Mayordomía por la gran escalinata principal arriba hasta la bóveda alunetada del Gran Salón, en la que grupos de sátiros al fresco parecían recoger tan preocupantes palabras con sus danzas, perlas de sudor aparecieron en las amplias frentes de ambos hombres, sobrecogidos por la gravedad de los asuntos en que había derivado su diálogo.

—Erráis de excesiva prudencia o de ceguera, que vienen a ser lo mismo, marqués. Mucho me temo que habéis arrojado al pozo del olvido a aquel José Gabriel Condorcanqui.

—Perdonad, ¿quién?

—Uno que trocose el nombre por el de Tupac Amaru. Su rebelión comenzó no lejos del Cuzco, algo más de veinte años ha.

—Ah, sí, ya lo recuerdo. Entiendo que le descuartizamos poco después junto a otros cabecillas y su mujer, menuda pájara, que lo azuzaba para que se lanzase a batallas aún más aventuradas.

—Pero no fue suficiente. El incendio de la sedición en su nombre prendió como yesca desde los Andes de Jujuy, en el virreinato de La Plata, hasta Quito, Santa Fe y las montañas de Venezuela. Sus soflamas e ideales, aun después de muerto, soliviantaban comuneros en toda la cordillera, a cuyas filas se sumaron criollos y peninsulares traidores, pícaros, granujas y exaltados. Costó cien mil muertos, tres años de guerra y toda la recaudación de un año entero del virreinato del Perú para darle finiquito. ¿Os imagináis?

—¡Qué faena! Y hete aquí que nadie en Palacio se entera de lo que ocurre allende el mar en nuestro propio imperio, ocupados como andamos en enfrentar las bellaquerías de franceses e ingleses, como si con ellos se acabara el mundo. Cortos de miras andamos, monseñor.

—Al grito de «Viva el rey del Cuzco y muera el rey de España» se iban los comuneros al combate. Venga, hombre.

—Vaya por Dios y los clavos de la Pasión. ¡Tenéis razón, monseñor! Mudanzas terribles se nos vienen encima y alertas habremos de estar si no queremos sucumbir, arrollados por el nimbo infernal de este atribulado siglo diecinueve.

—Y ahora aquí tenemos a ese jovencito elegante y fachendoso, hijo de aquellas precisas tierras, gorjeando como palomo en celo entre esas damiselas que le hacen la corte...

—¿Acaso ignoráis que del carro de héroes y petulantes por igual tiran las ninfas...?

—Bah, fruslerías juveniles, señor marqués. Las mujeres no están dotadas para cambiar un ápice la historia más allá de los celos que despiertan en sus amantes en armas y los chismes que transmiten sus afiladas lenguas en pasillos, salones y alcobas. Son las tertulias entre hombres de influencia las que me preocupan. Decidme pues, ¿qué sabéis de este mancebo? ¿Qué tenemos aquí, un Ariel, un Calibán o una mezcla de ambos? Parece despierto e inteligente, más que de

106

ordinario, sin señal de haber sido idiotizado aún por la vida cortesana que aquí se respira, amigo mío.

Una bandeja de canapés de jamones extremeños, aceitunas de Jaén y tiras de pimiento escarlata murciano que traía un sirviente de librea azul, atrajo la golosa mirada de ambos hombres. Pese a un leve ataque de bilis que castigaba la tripa del obispo, al pronto se sirvieron provisión restauradora suficiente. Reparadas las fuerzas, continuaron la plática en tono aún más cauteloso.

—Me satisface informaros, eminencia reverendísima, que desde que le vimos a este joven hace unos cuatro años, a la sazón bastante más esmirriado y enclenque que el mozo de planta firme que ahora deleita nuestra vista, así como la de las damas que revolotean en su derredor que...

—Abreviad, os lo ruego, señor marqués. Por cierto, este jamón está riquísimo. Probadlo.

—Cierto, una delicia. He puesto en sobre aviso a mi primo Graciano Péllez y Rocanor, de quien puedo deciros es una especie de mano derecha en el Despacho de Gracia y Justicia de Madrid, además de tener libre acceso al Archivo de Indias de Sevilla. Como sabéis, allí se deposita toda la documentación atinente a los reinos americanos de España en exquisito detalle desde el mismo descubrimiento.

—¿Y bien?

—Nuestro héroe viene de Caracas, provincia del mismo nombre y capital de la Capitanía General de Venezuela. Convendrá que os explique un poco cómo es aquello.

—Decid presto, que poca idea tengo de lugar de tan poca trascendencia y remota ubicación.

—Ciudad pobretona, huérfana de castillos, palacios, murallas y edificios públicos de monta, si acaso casonas de algún brillo pero de mueblería sobria, escueta y funcional; catedral de una sola torre, digamos chata y sin elegancia, restos mal reparados de un espantoso terremoto de 1766 que dio con todo al suelo. Ornato interior frugal en artes, pobres en toda la provincia, la misa se oye de pie, aunque las mujeres principales lo hacen sentadas sobre esteras acolchadas; de clima fresco y sita en valle de gran belleza, verde y selvático, se cuenta de tigres, tapires y grandes serpientes merodeando por los bosques; cuando se decide a llover lo hace a cántaros y no escampa, arrastrando boñigas e inmundicias al río que...

—Sí, sí. Idílicos paisajes para pintores y poetas. ¿Y sus gentes, obedientes, temerosas de Dios, o díscolas y dadas al pecado?

—Bueno, ya sabéis que el paisaje hace a la gente. El gandul se crea en la tierra generosa. Pululan mendigos y locos por las calles, pocas empedradas, no escasean morbos, carbunclos y fiebres que se llevan al camposanto un río constante de almas. Si no se comen los codos de hambre es por la feracidad de las tierras de aquellos valles de la provincia y el buen clima, mas no por su empeño en el trabajo. Procesiones eclesiásticas, juego de bolos y carreras de gatos y patos parecen ser los divertimentos populares de ordinario. No hay bibliotecas públicas ni imprentas, que sepamos, pero sí una universidad escolástica de cuño reciente, hacia 1730, creo. No existe otra en todo el país.

—No parece cuna de nada que valga la pena preocuparse. Almas pobres, pocas luces, gentes simples. Hasta el nombre, Caracas. Reparad en que es voz indígena sin substancia de nobleza castellana...

—Aunque le habían puesto el pomposo nombre de Santiago de León de Caracas, al que le han quitado casi todo. Así conviene a nuestros reinos, nada de cabezas ilustradas que pudieran ponerse a pensar por sí mismas, lo que como bien sabemos, es campo abierto para la intervención del Maligno, siempre empeñoso en apoderarse de las inquietas almas pensantes. Acordaos del edicto de Carlos III cuando expulsó a los jesuitas de todos nuestros reinos, conseja que valdría para todos y haríamos bien en recapitular: «... de una vez para lo venidero deben saber los súbditos... que nacieron para callar y obedecer y no para discutir y opinar en los altos asuntos del gobierno».

—Sabias palabras, ¿No os parece, señor marqués?

—Quien lo ponga en duda anda mal de la cabeza, monseñor. Hay más sobre aquellas tierras caraqueñas y de este joven, si me permitís, ilustrísima.

—Proseguid, pues, señor marqués. Atento os escucho.

—Un puñado de familias, casta adinerada a la que nuestro hombre pertenece, que se llaman a sí mismas *mantuanas* porque sus mujeres son las únicas a quienes se les permite cubrirse la cabeza en misa con un manto, vaya tontería, posee toda la riqueza. Los demás, algún que otro noble con tierras, pequeños comerciantes, artesanos, arrieros, clérigos, guardias, milicianos, labriegos y esclavos. En fin, morralla de perendengues. Blancos de orilla, indios, negros, mulatos, mestizos, cuarterones, coyotes, saltoatrás y la más variopinta sociedad que os podáis imaginar; allá, como en botica, hay de todo.

—Eso despierta mis dudas de si estará acaso inficionado nuestro héroe con la mancha de mulatos, judíos y herejes. ¿Algunas gotas de sangres impuras quizá? No sin motivo se comenta que en las Indias, tras dos o tres generaciones, el *pardaje* encuentra la manera de colarse en la sangre de la descendencia de peninsulares puros; que ya con la de moros tenemos suficiente. De la naturaleza levantisca y díscola de esas mezclas nos cabe poca duda. Basta pasar revista a la de rebeliones de palenques camorristas y cimarrones matachines que por allá hemos tenido que sofocar.

—Conviene recordar que desde la revuelta de Espartaco contra Roma a esta parte, y agua bastante ha pasado bajo el puente desde entonces, no recuerdo ninguna rebelión de esclavos que tuviese éxito digno de mención. Si es que lo de Saint Domingue no se desborda, esto es...

—No nos distraigamos. Estábamos en la posibilidad de que este joven tuviese corrupciones de sangre...

—Bueno, a menos que la negritud se transmita por la leche, eminencia.

—¿Qué queréis decir?

—Que cuando nació este chico, la madre sufría de quebrantos y de sus blancas carnes poca o ninguna leche manaba. Tomó como nodriza a una esclava de su hacienda, Hipólita, una negra que había traído al mundo por esos días un chiquillo bautizado como Dionisio, hoy esclavo como su madre. Ya sabéis lo que se dice por las haciendas, que la leche de las negras es mejor que la de las blancas, además de ser tan blanca la una como la otra, aunque no me conste, como comprenderéis por serme indigno observar tales efusiones corporales.

—Fenómeno curioso difícil de creer, señor marqués, pues a buen recaudo tengo que parduzca habrá de ser la leche de la africana, sí. Pero supongo que no todo acaba con la lactancia del pequeñín.

—No hay indicios de africanos en su linaje, al menos hasta los trastatarabuelos. Considerando que hay sesenta y cuatro del nivel inmediato superior, si uno era negro, le quedarían tan pocas gotas que no se le verían ni con el telescopio de Galileo, monseñor.

—¿No queréis decir las lentillas de Leeuwenhoek, más bien?

—Ehm, sí, supongo que eso quise decir, veo que se os da bien el holandés, eminencia.

—Bueno, lo mismo da. Entonces, nuestro héroe, de mestizo nada, mucho me alegra. Habrá más que decir de él, imagino.

—Es apenas el comienzo, eminencia reverendísima. Este mantuano es el menor de cuatro hermanos que pintan poco o nada, gente mediocrilla de ralo pensar, huérfano de padre y madre, heredero de una considerable fortuna en haciendas, tierras, esclavos y unas minas de cobre que valen un patrimonio, aunque nadie las trabaje.

—¿De su personalidad, sabéis algo?

—Al parecer fue un chaval difícil, rebelde y respondón, un *enfant terrible* como dirían los franceses. El abuelo y los tíos que lo criaban no sabían qué hacer con él. Tan difícil lo tendrían que el niño se les fugó de casa, ¡imaginaos el berrinche! Un tal Andújar, sacerdote de la diócesis que le enseñaba catecismo y matemáticas, da cuenta de ello en su diario, comentarios que de su boca fueron pasando hasta llegar, por caminos que solo Dios sabrá, a oídos en la península y de allí a los míos y los vuestros en este instante. Al chico le pillaron y tras azotaina de reglamento y consideración, le encerraron en una escuela para disciplinarle de rebeliones y dislates del cerebro.

—Temperamento nada acorde con el de los imbéciles, tardos y mequetrefes que parecía engendrar aquella adormecida Caracas de almas sonámbulas, mucho me temo. Tutores habrá tenido este joven que apaciguasen tan primitivos e inquietos comportamientos. El que vemos aquí es un caballero de educadas formas...

—Aunque inclinado a la disipación de los sentidos, de la carne, y lo pecaminoso, a juzgar por lo que nuestros ojos atestiguan y cierta escapada en volandas a París por meterse en alcobas que no correspondían, al parecer. En fin, nada fuera de lo esperable en un joven como los de hoy en que toda regla se quebranta, monseñor. Por lo demás, el trópico enardece la sangre, según dicen, el solo recuerdo de las negras semidesnudas en los cañaverales...

—No prosigáis, os lo ruego, que copiosos tornan mis sudores, buen marqués. Bien que lo he entendido. Tutores habrá tenido el joven, decíamos.

—Hubo dos o tres de notar, eminencia. El que importa es un cierto Simón Carreño, hijo expósito de aquella feligresía caraqueña que trocó su apellido en Rodríguez, el de la madre, por cuitas mal resueltas con su único hermano, que era su opuesto en todo sentido. El hermano Simón, *el Malo,* excéntrico y estrafalario, podría decirse que singular aunque muy leído y culto; al otro lo llamaban el Bueno. Llegó a rumorearse que a sus hijos les ha puesto nombres de verduras.

—¿Pretended que os crea, en vez de María o Asunción, algo así como Lechuga, Berenjena, Zanahoria...? ¡Pobres niñas! Señor, os informo que me llamo Nabo Rodríguez, ¡qué castigo, Madre Santísima!

—Lo desconozco, y puede que no pasen de habladurías para desacreditarle, monseñor. Lo que importa es que no creo que haya sido buena influencia como maestro, este individuo.

—Oh, comenzáis a preocuparme. Las mentes de los párvulos son como libros en blanco en que los maestros escriben lo que se les pasa por la frente.

—Veréis por qué. Este Rodríguez alcanzó en el cabildo caraqueño el puesto de maestro de primeras letras en 1793, dando cobijo a una chilindrina de un centenar, entre ellos nuestro héroe. Aunque eran tan pequeños, no se cansaba de machacarles lecturas de Voltaire y Rousseau, inspirador de jacobinos, como sabéis.

—¡Jesús, María y José, no digáis, señor marqués que me tiemblan las carnes!

—Por si fuera poco, cuatro años después Rodríguez se vio envuelto en la conspiración contra la corona de dos mangantes criollos, Manuel Gual, capitán de Infantería, fijaos bien, y José María España, teniente de Justicia nada menos, y una veintena de peninsulares más, funcionarios de la Real Hacienda, abogados, letrados, el propio párroco de la Guaira... imaginaos la faena. El instigador de todo fue este pájaro de Juan Bautista Picornell.

—¡Voto a Dios y la Virgen Santísima! ¿Os referís al mallorquín revoltoso y desquiciado que quería asesinar al rey aquí en Madrid, para declarar la República en España, siguiendo el modelo francés? Picornell y Gomilla. ¡Valiente mamarracho, que el diablo le lleve!

—El mismo que viste y calza, monseñor. Recordaréis que a él y sus secuaces, tras echarle el guante en Madrid, les conmutaron la pena de muerte por la de prisión perpetua en las Indias, yendo a dar con sus huesos a las mazmorras del castillo de la Guaira, en el puerto de Caracas.

—Craso error, en vez de colgarles a todos. ¡Ahí tenéis las consecuencias de tanta generosidad con los delincuentes incursos en delitos de desuello y horca! Debía habérsele excomulgado *ipso facto* para que su alma, si es que alguna vez poseyó tan divino atributo, fuese a parar a los calderos del infierno para siempre ¿Y no se lo han llevado aún las fiebres tropicales?

—Picornell parece tener más vidas que un gato, eminencia. Como no había quien le hiciera callar, acabó instilando sus atroces ideas regicidas y republicanas a toda la guarnición de la Guaira. Al pronto se sumaron notables y comerciantes españoles, y criollos en buen número. Vierais la de Padre y Señor mío que se armó. Les pillaron, varios fueron ejecutados y descuartizados como correspondía para que nadie se llamare a engaño. Mas otros se escurrieron como comadrejas en plena noche, entre ellos el propio Picornell que anda suelto por Curazao y las Antillas, imprimiendo opúsculos panfletarios sobre los Derechos del Hombre y no sé qué otras monsergas levantiscas. Os digo que la revolución de los franceses es una verdadera peste contagiosa como la bubónica, el sarampión y la viruela juntos. Si le agregamos el aderezo de la Constitución de los de América del Norte, acabaremos por darnos plena cuenta de que estamos sentados sobre un polvorín mientras se nos distrae el entendimiento fumando habanos, eminencia reverendísima.

—¡Dios nos coja confesados! ¿Y el tal Simón Rodríguez, fue también descuartizado?

—Pues no. Veréis. También tomó las de Villadiego en una nave norteamericana, fijaos qué coincidencia. Se le sigue la pista en Bayona ahora mismo. Nada más echarle el guante, se le conducirá a prisión y cadalso.

—Siempre he pensado que si de alguna revolución americana hemos de preocuparnos realmente, además de la que pueda provenir de la América del Norte, es de las que nacen aquí en España, entre españoles: gente que después encuentra su camino hacia el nuevo mundo, como la de este Picornell de mis tormentos. Me apena reconocer que para cabezas revueltas y conspiraciones estamos hechos los españoles. Por lo demás, ahí están los franceses, siempre dispuestos para enredarles el entendimiento a nuestras gentes con tanta monserga francmasona y republicana. ¿No sois de la misma opinión?

—Faltaría más. Habrá que mantener la guardia en alto, y someter a tormento y ejecución a unos cuantos en las plazas, a ver si escarmientan.

—Pensando bien y pronto, cabe suponer que el chico mantuano era aún muy pequeño cuando frecuentaba aquella escuelita de perdición de Carreño o Rodríguez. Poco habrá captado de semejante esperpento revolucionario.

—Deseo pensar que así es, monseñor, y os diré por qué. El mantuanete que recibimos en la corte en 1799 escribía cartas con una ortografía atroz, aunque sus palabras eran escogidas con gusto aun cuando inmaduras, naturalmente. Por lo tanto, escaso bagaje llevaría en su cabeza de parte de aquel Rodríguez. Pero el chicuelo de pocas luces de entonces ha cambiado bastante. Ahora se expresa con fluidez, propiedad, excelente caligrafía, buen gusto y ortografía, sólo salpicada, eso sí, de algún que otro gazapillo de vez en cuando.

—Bien se ve que el chico aprende pronto. Y decidme, señor marqués de Piedramora, ¿A qué le atribuís mudanza tan radical para su bien y el nuestro?

—A la educación que ha recibido entre nosotros en estos años aquí en Madrid, bajo la protección de don Jerónimo de Ustáriz y Tovar, tío suyo. Vive en su casa y le procura los mejores maestros.

—¿Habláis acaso del marqués de Ustáriz?

—De ningún otro, eminencia.

—Oh, sí, le conozco bien, admiro su agudeza y amplia sabiduría. Es persona principal y funcionario de confianza del gobierno del rey en varios cargos de prosapia. Ahora mismo es ministro del Supremo Consejo de Guerra, qué os parece. Nació en Caracas, como nuestro hombre, pero don Jerónimo lleva más de cuarenta años en la península, llevando a cabo proyectos de gobierno, innovadores y muy interesantes. Buena cabeza, os lo puedo asegurar.

—Y es su sobrina, doña María Teresa Palacios, esa bella joven que veis allí entre las damiselas que beben los vientos por el caraqueño, con quien nuestro héroe contraerá nupcias muy pronto. El mes que viene, en la iglesia de San José, en Gran Vía, según me han informado.

—Pues ya está todo dicho, señor marqués. El héroe de vuestras investigaciones y mis desvelos se erige como un joven educado al mejor estilo de nuestro modelo monárquico. Tal vez nunca regrese a la menesterosa Caracas y si lo hace, será para administrar sus haciendas y bienes, mimetizándose con la insignificancia de una vida acomodada en los campos de una remota provincia perdida de la mano de Dios. Pronto se verá cargado de hijos que Dios y el vientre de doña María Teresa le prodigará, así como el de sus esclavas, he de suponer. Nadie con tanta parentela deseará meterse en conjuras revolucionarias, mientras conserve, cómo no, el sano juicio y la fe en Dios nuestro Señor.

—Perded cuidado, eminencia reverendísima, y ocupémonos de otros asuntos menos baladíes que este joven mantuano.

—No podría estar más de acuerdo, amigo mío. Por cierto, ¿cómo se llama el petimetre? No recuerdo que lo...

—Oh, perdonad. Se llama Simón Bolívar. Os puedo dar el nombre completo si lo deseáis.

—No, ¿para qué? si nunca más oiremos hablar de él. ¿Queréis otro canapé de pimiento murciano, mi buen amigo? Están de rechupete, si me permitís la licencia.

Una monstruosa satisfacción

Ricardo Giraldez

Aquella madrugada, Ana Ivánovna despertó intempestivamente, con el corazón acongojado, empapada de sudor y con un regusto acre en la boca. ¿Qué la había perturbado durante sus febriles sueños? El recuerdo de una hora amarga y humillante como ninguna otra para cualquier mujer que se precie de tal: el recuerdo de un desaire amoroso sufrido en su juventud y en el que no había vuelto a pensar durante muchísimo tiempo; tanto que al revivirlo en la pesadilla se le figuró que tornaba a sufrirlo cual por vez primera. ¿A qué se debía esta inesperada resurrección de tan mala hora?, ¿qué podía haber motivado se removiera de pronto esa astilla enmohecida en su corazón para mortificarla asaz dolorosamente? La zarina tuvo que reconocer que, contra los consejos de sus médicos, había cenado con exceso la noche anterior, que había abusado de las confituras y, sobre todo, se había propasado con la bebida. Sí, bien hubiera podido adjudicarle a todo ello la responsabilidad de sus sueños agitados, excepto que la pesadilla no había abrevado en el terreno de lo fantástico; sino en el pasado efectivo, en una fuente emponzoñada de su memoria. Y esto es lo que causaba principalmente el malestar y furor de la zarina.

En vano las doncellas, al verla despierta, comenzaron a entonar a coro las canciones populares que tanto le gustaban, aquellas que narraban historias de apasionados encuentros amorosos dentro de escenarios erótico burlescos, tal y como era costumbre, o mejor dicho, tal y como era mandato de una Ana que no toleraba despertar sin ese festivo canto a su alrededor. En aquella oportunidad ésta las hizo callar bruscamente, con un gesto inequívoco de su rolliza mano pesada de anillos y diamantes. No estaba para músicas ni para ninguna muestra de alegría la zarina en esa hora oscura. Su humor, de por sí malo, era fúnebre, y sus ojos encendidos lanzaban llamas de ira a través de las rizadas pestañas.

Tampoco aceptó que sus ministros vinieran a besarle los pies desnudos conforme establecía la rigurosa etiqueta de la corte, esos blancos pies que ella solía asomar para tal propósito por debajo de las sábanas de seda. Casi le hace saltar la dentadura postiza de un soberbio puntapié al primero que lo intentó. No, la soberana no estaba para soportar ningún gesto de obsecuencia. ¿Qué quería ella en esa hora de angustia? Ciertamente su cabeza era un volcán de negras ideas y malos pensamientos a punto de ebullición. No podía apartar de su mente aquel baile de juventud en el cual, a mitad de un delicioso minué, el bonito de Pável Scoffernski, el más maravilloso ejemplar de su época, venero de virtudes y atributos físicos, había soltado los brazos de Ana para continuar danzando con otra jovencita visiblemente más hermosa. Durante algún tiempo, ese oprobioso desplante había sido la comidilla de la corte y de los más escogidos salones del imperio. No era por entonces, ella, la poderosa zarina que todos temían y cuya mirada a todos intimidaba, sino tan sólo una doncella con escasas posibilidades de reinar alguna vez. Tuvo por tanto que tragarse el orgullo y aguardar a que pasase el embarazoso momento. Y ese momento pasó finalmente, como está llamado a pasar todo en esta vida. A tal punto que la propia Ana dejó de rumiar un día la dura afrenta, de saborear con acritud la hiel del oprobio, tanto que ese recuerdo vergonzante se pareció muy pronto a un silencioso olvido.

Pero todo había cambiado de improviso. A resultas de una horrible pesadilla, aquello en lo que no había pensado durante años, aquel malicioso descaro, aquella vieja humillación, estaba tan fresco en su sentimiento que el recuerdo no sólo le dolía en la mente sino incluso en la piel.

¡Ah!, pero ella no era ya la pobre princesita de entonces, a la que se podía burlar sin más. Antes bien, Ana Ivánovna se imponía al presente como la soberana de un gran imperio, como una mujer todopoderosa a la cual le bastaba levantar un dedo para hacer la fortuna o desgracia de millones de existencias. Y esta omnipotente mujer, en esa hora, en esa mañana de angustia y vergüenza, estaba ávida de una sola cosa: venganza.

Fue en tal estado de ánimo pues, que, envuelta en un finísimo camisón de seda, la zarina atravesó velozmente los pasillos que llevaban de su recámara hasta la sala principal del palacio —o cuando menos tan velozmente como su voluminoso cuerpo se lo permitió—. Una muchedumbre de bufones, compuesta de enanos, lisiados, deformes y enfermos mentales de ambos sexos, la aguardaba en fila allí, como todas las mañanas, cuando ella irrumpió seguida de una consternada y medrosa corte. Éste era otro de los tantos y raros caprichos de la emperatriz, para quien ninguna excentricidad era tal, y a la cual todo lo grotesco, chocante y anómalo prodigaba goces inauditos.

Cada vez que la zarina pasaba ante esta extravagante compañía de cómicos, tenían sus integrantes la obligación de deshacerse en toda suerte de morisquetas, acrobacias y parodias. Ya se les ordenaba cacarear como gallinas, ya brincar como langostas, ya revolcarse como cerdos o bien dar volteretas como monos, todo según lo dispusiera el ánimo de la soberana. Para ella suponía esto un espectáculo tan divertido como ningún otro, en particular cuando alguno de los bufones resultaba herido; pues muchas veces, en su afán de sobresalir y congraciarse con la realeza, los cómicos se hacían traidoras zancadillas entre ellos. Entonces la zarina rompía en carcajadas guturales que estallaban estruendosas en el palacio, y del ceñido vestido de tisú que oprimía su voluminoso talle solía saltar algún que otro botón cual fulminante proyectil.

Pero esa mañana, ni siquiera para sus queridos bufones estaba ella de humor. No se encontraba de ánimo ciertamente para ningún espectáculo, por muy grotesco o monstruoso que fuere. Demasiados monstruos poblaban ya su enfebrecida cabeza como para ocuparse de los de fuera. Este al menos era su pensamiento cuando, de pronto, sus ojos repararon en unas de las criaturas que formaban parte del grupo de bufones, o más bien en la estrella de esa disparatada compañía, en la mayor atracción. Se trataba nada menos que de la mujer de Mongolia, una vieja calmuca célebre ya en toda Rusia a causa de su monstruosidad. Ni un solo punto de equilibro en ese rostro de rasgos desiguales y en ese cuerpo contrahecho. Toda armonía o cualquier indicio de ella estaba rota en la pobre criatura cuya mirada tortuosa pocos podían resistir de buen grado, a excepción de la zarina, por supuesto.

Verla, pues, fue para la emperatriz como recibir una genial revelación. Toda aquella ira contenida desde el abrupto despertar encontró al punto un cauce, y la venganza, que maduraba ocultamente en su cerebro, cobró forma y vivo color en el semblante. Sonrió la zarina, sí, con una sonrisa tan maliciosa y siniestra que quienes fueron testigos de ella, no sin razón, temieron ya lo peor.

Ana acababa de concebir una idea; amasaba ya en su mente un proyecto cierto de satisfacción. Pero para plasmarlo, faltaba todavía recabar informes acerca del actual estado de cosas en la vida del antiguo verdugo, aquel fatuo de Pável Scoffernski, repentino blanco de toda su inquina. Acaso el muy cretino ni siquiera se hallase aún con vida o quizás residiera en algún país del extranjero. De las noticias que recabara al respecto dependía la suerte de los diabólicos planes que ya tramaba la emperatriz en su tortuosa cabeza. Y por ello fue que, sin pérdida de tiempo, hizo comparecer a su viejo ministro y mejor consejero, el hombre de mayor confianza de Ana, aquel sobre cuyas manos descansaban todos los asuntos serios del reino, los mismos para los cuales la zarina siempre se sentía demasiado ociosa, demasiado joven o demasiado risueña. Y como era habitual en el palacio, y en toda Rusia, sólo una palabra bastó a la emperatriz para hacer valer su voluntad:

—Decidme, ministro —soltó con voz firme la zarina apenas el anciano se humilló a sus pies—, ¿qué se ha hecho del bonito de Pável Scoffernski? ¿Sigue siendo aquel joven príncipe tan apuesto que yo conocí una vez?

—Tan apuesto y galante como entonces, alteza, aunque ya no tan joven. El tiempo, que no se atreve a penetrar los muros de vuestro palacio, que ni se anima a miraros de frente, no se muestra igual de respetuoso para con los demás.

Ana gustaba de este tipo de cumplidos obsecuentes, y por ello sus abultados mofletes se encarnaron de rubor tras las palabras del anciano. Luego:

—Y decidme, mi buen ministro, ¿el bonito de Pável Scoffernski está casado?

—No, alteza, el príncipe rehúye el matrimonio como una enfermedad venérea, aunque no a las mujeres. Continúa siendo el mismo mujeriego de siempre y sus conquistas, que se cuentan por miles, siguen dando que hablar en todas las recepciones, bailes y banquetes que se celebran en el reino.

Una mueca de disgusto se dibujó al punto en el rostro de la zarina, quien, en ese momento, recordaba demasiado a lo vivo haber sido víctima de las mismas comidillas y del mismo rufián. No obstante, como las noticias que recibía en relación al príncipe convenían a sus deseos, recobró al punto la serenidad en el ánimo para volver a preguntar:

—Y decidme, mi buen ministro, ¿cómo andan las finanzas del príncipe? La suya, hasta donde recuerdo, era una de las mayores fortunas de toda Rusia.

—Pues en este punto debo informaros que sus economías se ajustan perfectamente a la vida licenciosa que Pável Scoffernski ha observado durante toda su vida. De su grande patrimonio poco es lo que queda ya sin enajenar, y aun ese poco no tardará en pasar de un momento a otro a manos de sus muchísimos acreedores. El príncipe está repleto de deudas. No resultaría extraño que una noche cualquiera abandonara de incógnito San Petersburgo a fin de salvar cuando menos la ropa que lleva puesta.

Los ojos de la soberana se iluminaron perversamente tras oír estos últimos informes. Y en su boca encarnada se dibujó otra de esas maliciosas sonrisas en las que nadie que la conociera habría dejado de temer un preanuncio cierto de terribles desgracias.

—Pues bien, mi fiel ministro. Le haréis llegar al príncipe mis saludos junto a mis respetos. Le diréis que la zarina no lo ha olvidado, que, lejos de ello, de pronto ha pensado en él y que su recuerdo ha inspirado ciertas nostalgias. Tanto así que es mi ferviente deseo verlo esta misma noche en palacio. También le daréis a entender al príncipe que sus problemas de dinero han terminado desde este preciso instante, que son cosa del pasado. Sed discreto en verbos, pero sed a la vez traslúcido en insinuaciones. Que no le queden dudas al príncipe respecto de mis amorosos propósitos. Por lo demás, yo misma pondré en vuestras manos una esquela escrita sobre papel de rosas que, junto a estas palabras, haréis llegar hasta el bonito de Pável Scoffernski a la brevedad. Idos ahora, y bregad por cumplir en tiempo y forma con vuestro recado.

Todo fue diligentemente resuelto según los deseos y caprichos de la zarina. Durante lo que restaba de la jornada se trabajó en el palacio a destajo para que las estancias de Ana fueran acondicionadas de acuerdo a la amorosa farsa que deseaba representar. No se midió en gastos ni en esfuerzos para ello. El propio Pavel Scoffernski, quien acogió las buenas nuevas como se recibe agua en el desierto, rascó sus bolsillos para presentarse en palacio tan digno como la ocasión lo exigía. Incluso se hizo llevar por un trineo forrado de terciopelo negro, tirado por espléndidos corceles y con dos lacayos de librea montados sobre los patines. ¡Que importaba arriesgar lo poco que le quedaba de patrimonio cuando tanto podía esperarse de entrevista asaz auspiciosa! ¿Acaso el ministro de la zarina no había sido lo bastante explícito al insinuarle que de ahora en adelante sus problemas de dinero serían cosa del pasado? No, el destino había barajado esta inesperada carta para él, y a fe suya que no la malbarataría.

Como buen disoluto, como hombre desdeñoso y suspicaz que era, sólo había dos cosas en las que Pável Scoffernski creía y confiaba, a saber: sus maravillosos atributos físicos y sus habilidades para la conquista. Toda una vida de éxitos en el terreno amoroso había afianzado en él esta seguridad que tanto se parecía a una fatuidad. Por lo demás, pese a frisar ya los cuarenta, el príncipe exhibía todavía un aspecto bastante juvenil y difícilmente se le hubieran dado más de treinta años de edad a primer golpe de vista. Alto, de postura erguida, provisto de una abundante y ensortijada cabellera en la que ninguna cana opacaba el luminoso brillo del oro, nadie habría puesto en duda que el príncipe se hallaba en la plenitud de su belleza.

En el palacio fue anunciada con gran pompa su llegada, conforme las previas indicaciones de la zarina. Apenas unos escasos momentos tuvo que aguardar Pável antes de que los sirvientes lo condujeran hasta las estancias íntimas y agradablemente caldeadas de la emperatriz. Ésta lo recibió refulgente en joyas, con el cuerpo apenas velado por un camisón de finas transparencias que bien podrían haberse considerado sugestivas de no ser porque lo que transparentaban poco y nada tenía de sugerente. Ana era gruesa, voluminosa por donde se la mirase, y sus maneras estaban lejos de ser delicadas; no obstante el príncipe, que no en vano cargaba fama de buen vividor, menos que de una hermosa doncella, había ido a palacio en busca de algo con mucho más atractivo, esto es: una hermosa fortuna que ya creía oler y hasta paladear. De aquí que ni el vientre en exceso abultado, ni el pecho por demás opulento ni el rostro grasosamente hinchado de la zarina desalentaran al amante. No necesitaba Pável más que la promesa del oro para sentirse enamorado…, apasionadamente enamorado. Y tal fue su sentir.

Por otra parte, la atracción fue recíproca. En efecto, apenas posar sus ojos sobre la gallarda figura del príncipe, Ana no pudo evitar sentirse víctima de un leve devaneo. Estaba ante el hombre que había grabado la primera huella amorosa en su corazón y ningún corazón de mujer olvida jamás al autor de ese surco de fuego. Tuvo por ello la zarina un instante de debilidad, del cual emergió sin embargo con la presencia de ánimo que la caracterizaba, justo a tiempo para reprimir aquel tardío desborde adolescente. Es más, esa inicial y espontánea zozobra sirvió a sus ocultos propósitos, ya que para el príncipe significó una prueba incuestionable de su poder sobre la mujer y de que las ilusiones que se había forjado respecto del encuentro no eran infundadas. Todo lo cual lo tornó aun más confiado.

A solo un gesto de la zarina, los sirvientes abandonaron aquel nido dispuesto con sumo lujo para el amor y por fin la pareja pudo entregarse sin reservas a la mutua delectación. Ana instó entonces al príncipe a tomar asiento en un grande y mullido canapé, y ella, sin poder reprimir cierto embarazo juvenil, lo siguió, aunque guardando las debidas distancias.

¿Fueron sinceros esos escrúpulos?

Lo cierto es que no era el príncipe hombre que se dejase llevar por nerviosismo o timidez alguna; demasiado bien curtido estaba en situaciones amorosas como para saber afrontarlas con suma soltura. Más aún, casi podía decirse que en el arte de la seducción no había secretos para Pável Scoffernski. Y por ello, la persuasiva máquina de encantamiento no tardó en ponerse en marcha. Sólo unas pocas palabras bien calibradas y escogidas con suma delicadeza, algunas miradas que semejaron fascinantes abanicos desplegados para capturar toda atención, un ligero acercamiento del rostro, de las manos, del cuerpo, y la zarina, prácticamente sin darse cuenta, estaba ya en brazos del inveterado burlador. Fue otro instante de debilidad por su parte, tan sólo un instante; pero que casi le resulta fatal. De hecho, la aturdida Ana se repuso al borde del abismo, precisamente cuando una palabra, una mirada, una caricia más hubiera significado la caída.

Temerosa de dar ocasión para un nuevo desliz, la asediada soberana se puso repentinamente de pie. Gruesa como era, no resultó el suyo un movimiento gracioso, a decir verdad. Los pliegues de sus voluminosas carnes, casi visibles bajo el camisón de fina seda, se dejaron entrever tanto más abultados para quien ahora la contemplaba desde lo bajo. Y a pesar de ello, el amante que así la contemplaba se sentía quemado por la más ardiente pasión. No era una montaña de grasa lo que sus ambiciosos ojos admiraban; sino una montaña de oro y de riquezas.

—Debéis dispensadme, querido Pável —se excusó la emperatriz una vez recuperada la presencia de ánimo—, pero los años me han hecho un tanto cohibida y encuentro que en esta habitación hay demasiada luz para tratar nuestro asunto. Tened pues la amabilidad de dispensarme mientras hago llamar a mis sirvientes a fin de que cieguen algunas cerillas. Sed bueno, Pável mío, y concededle este capricho a una mujer que, pese a los años, se conserva tímida como una chiquilla. En un momento estaré de nuevo con vos. Mientras tanto obrad a vuestro gusto, y, para mejor aguardar mi retorno, no dudéis en poneros cómodo en el lecho.

Llameante de deseo, Pável Scoffernski no se hizo repetir la invitación, y sólo unos momentos después, arrellanado muy muellemente en aquel tálamo dispuesto para el goce del amor, contemplaba cómo las muchas luces que iluminaban la amplia estancia se iban apagando una tras la otra por obra de los diligentes camareros. ¡Qué de auspiciosas sensaciones lo embargaron entonces y qué de seductoras quimeras llenaron su mente!

Cuando por fin todo quedó a oscuras, y en el silencio de la alcoba se ahondaron aún más las tinieblas, un sutil rumor de sedas hizo saber al príncipe que la aventura comenzaba. Pável ya no se anduvo con miramientos. Sabía que su destino, que toda su fortuna venidera dependía del desempeño del amante durante aquella velada. Y no se mostraría el amante por debajo de las expectativas. Así es que, con movimiento impetuoso y apasionado, tomó entre sus brazos nervudos aquellas formas que curiosamente en la oscuridad se insinuaban todavía más detestables que a la luz, y las aprisionó como si se tratasen de lo más deseado y de lo más deseable. En cierto modo lo eran… Pável hizo gala entonces de toda su suma amatoria. Cada uno de sus músculos, cada uno de sus nervios y fibras fueron aunados con un único objeto: dar amplia satisfacción a la criatura que ya, locamente, se removía de placer bajo su cuerpo. Ni un secreto guardaría para después, ni un recurso omitiría revelar esa noche. En aquel lecho él realizaría su mejor labor, la mayor de sus proezas, vale decir, su obra maestra. Él ejecutaría, sí, en la que ahora se entregaba con solícito abandono a sus caricias, lo que ningún otro antes y lo que ningún otro perpetraría nunca. Él la llevaría a tales extremos de gozo que en lo venidero la zarina se convertiría en un ser por completo dependiente de los encantos del príncipe, tanto que no podría transitar ya una sola jornada sin acudir a Pável Scoffernski a fin de mendigarle un beso, una caricia, una mirada. Así lo tenía planeado; así lo consumaría. Todo un futuro de derroche y de esplendor dependía de ello.

Fue cuando el último sollozo de voluptuosidad femenil se quebró en el aire, tras otros muchos de apasionado y creciente vigor, que aquella que hasta entonces había permanecido muy risueña en la habitación contigua, aguardando junto a su séquito de bufones (todos ellos provistos de sendos candelabros atiborrados de cerillas), se decidió por fin a irrumpir en el nido de amor caldeado aún por la mayor exaltación. Y al ver a ambos amantes sorpresivamente tocados y heridos en sus desnudeces por la abrupta luz, entrelazados todavía en el lecho como si se tratasen de una sola y misma masa de carne, todo el estrafalario grupo que acompañaba a la soberana rompió en estruendosas carcajadas cual si formasen una corte de demonios. Y no era por cierto la menos bulliciosa e hilarante la propia Ana, más bien por el contrario. Convulsamente temblaban las candelas en sus rollizas manos a causa de las contorsiones que le imponían las risas. Al fin y al cabo, se estaba tomando un desquite contenido durante muchos años en su corazón de mujer burlada.

Pero el príncipe no reía. En silencio, y con mirada absorta, contemplaba al burlesco y estrafalario grupo sin terminar de comprender... Sobre todo..., sobre todo contemplaba a la zarina. ¿Mediante qué recurso mágico aquella que creía tener entre sus brazos estaba riéndose ruidosamente ante él y a su costa? ¿Cuál era el truco que permitía tal prodigio? Aturdido y confuso, pues, aunque palpitando ya algo funesto en su alelado cerebro, Pável se volvió hacia la que acababa de hacer suya con tal derroche de pasión e ímpetu, con tales muestras de lúbrica pericia, y allí, grotescamente desparramada sobre las sábanas revueltas y sudorosas, fea como una horrible pesadilla, atroz como una ridícula caricatura, allí vio el príncipe a la mujer de Mongolia, a la pobre monstruo, aquella de la cual abominaba toda Rusia, la misma que, con el gesto agradecido del animal al que acaban de hacérsele deliciosas caricias, desde sus ojos estrábicos, lo observaba... amorosamente.

Lienzo en blanco

Alegra García García

Dicen los que escriben que no hay mayor temor para el que osa empuñar la pluma que enfrentarse a la hoja de papel en blanco. Sin embargo, olvidan que el pintor es también su compañero de angustias y desvelos, pues al comienzo de su obra está solo ante el lienzo. Y precisamente aquí me tienen, en mi estudio del número 22 de la calle de la Greda de esta Villa y Corte, un día cualquiera de marzo de 1853, de este siglo —ya el XIX— que me ha tocado vivir, lápiz, pinceles y paleta preparados ante un lienzo en blanco, expectante ante el inicio de un nuevo retrato.

El escenario en el que posará mi modelo ya ha sido cuidadosamente preparado. Se me pidió un retrato de medio cuerpo, por lo que ella —pues dama es—, posará sentada. Un sillón rameado la aguarda y creo que resolveré el problema de una de las manos con un abanico de plumas. ¡Qué difícil es saber dónde y cómo colocar las manos del modelo!

En cuanto a la otra… Hace algún tiempo supe de dos retratos que mi maestro, el gran Ingres, realizó de dos jóvenes aristócratas: Louise de Broglie, condesa como la que hoy viene, y la baronesa Rothschild, si la memoria no me falla. En ambos, las mujeres sostienen con una de sus manos la cabeza, en ademán pensativo, algo melancólico, aunque sin llegar a la pose de infinito aburrimiento de la estampa de Durero; bellas e inquisitivas al mismo tiempo.

Sí, creo que así resolveré la pose, de manera que mi condesa, sentada en la silla, parecerá estar en una de esas tertulias que durante tantas tardes hemos compartido, escuchando con interés y pronta a una inteligente réplica. Incluso, por qué no, el cuadro podría prestarse a un juguetón engaño si fuera colocado en la penumbra del salón: alguien podría pensar que la condesa misma espera paciente una visita o se ha entregado a una serena meditación… ¿No hizo el grandísimo Velázquez un retrato de un ilustre caballero, tan parecido a su persona, que hasta el rey le habló pensando que se trataba de él mismo y no una pintura? ¿No es ese el objetivo del retrato después de todo? ¿Plasmar con verosimilitud los rasgos del modelo?

Aunque para verosimilitud, ese invento de la fotografía, capaz de inmortalizar en unos minutos lo que al pintor le lleva semanas e incluso meses realizar. Cuando estuve en París en los años treinta, seguí con atención todas las novedades relativas a aquello del daguerrotipo; llegué a pensar, convencido, que su descubrimiento sólo afectaría a los fabricantes de grabados y litografías, cuyas creaciones estaban condenadas a dejar de existir.

Pero la litografía no sólo no desapareció, sino que es fundamental para ilustrar nuestros periódicos y revistas. Sin embargo, ¡qué imparable esa moda de hacerse retratos en daguerrotipo! Incluso se murmura que otro francés, un tal Disdéri, trabaja en la invención de retratos fotográficos de pequeño formato. No quiero imaginar la sensación que crearán en nuestras tertulias: todos intercambiando imágenes de todos en un vano intento por conservar nuestra memoria y efigie y la de aquellos con los que hemos coincidido en el tiempo.

¿Sustituirá la fotografía a la pintura? ¿Puede la fotografía plasmar todo aquello que escapa a la mano del pintor? Porque cualquier artista sincero consigo mismo bien sabe que, de igual modo que el poeta está condenado a la inexorable imposibilidad de expresar todo lo deseado a través de las esquivas palabras, así al pintor le resulta insuficiente el pincel para recrear el mundo en el lienzo. Pues, ¿acaso podré captar con exactitud la mirada hipnótica y risueña de mi modelo? ¿Los brillos del raso azul de su vestido? Tantas veces he visto ese azul en los ropajes de la reina, tantas veces pintados y siempre tan distintos…

Desde mi caballete he visto pasar mil y una modas de las damas —también, aunque menos, de los caballeros—, reinterpretaciones patrias de los modelos franceses de aquellas láminas aparecidas en nuestros *El correo de las damas, El correo de la moda* o *La moda elegante*. Las calidades de las telas, el brillo de los broches y collares y la precisión de los peinados son siempre un desafío ineludible; su correcta realización es tan necesaria como plasmar la figura con decorosa gracia y la belleza con discreta adulación.

A veces la prensa se hace eco de mis retratos femeninos y de la alcurnia de las damas que posan para ellos. Alguno llega a afirmar que, si no fuera porque las señoras me eligen a mí por mi mérito y renombre, parecería que soy yo quien escojo lo más granado de la belleza madrileña.

Mas yo nunca quise hacer retratos.

Aún recuerdo —pues es una de esas cosas, de esas amargas ironías que acompañan a uno para siempre— la carta que escribí a mi padre, movido por la osadía de la juventud. Hallábame yo en París durante mi segunda estancia en la capital de las artes, buscando el reconocimiento a la par que completaba mi formación como pintor de historia. ¿Cómo eran aquellas palabras? «Si no consigo lo que deseo me volveré a Madrid y me contentaré con hacer *retratucos*». Y aquí estoy, esperando a mí enésimo cliente para ejecutar mi próximo y prosaico retrato, absorbido por los encargos y las obligaciones institucionales, que sospecho no harán sino crecer con el correr de los años y alejarme definitivamente de los pinceles.

¿Alguna vez podré pintar lo que deseo? ¿Podré escapar de la tiranía de la moda, el gusto, la crítica y el mercado? Yo nada debo a nadie, pues mi suerte sólo yo mismo la fragüé, mas a mi pesar me debo, en esta selecta y dorada esclavitud, a mi público, esa flor y nata insaciable de condecoraciones y títulos.

Sin embargo aún soy joven —¿en verdad lo soy?—. Quién sabe si...

Pero ¡héla! ¡Aquí llega! Por cierto que ella es escritora. Le preguntaré, le diré que Federico de Madrazo, el célebre pintor de Corte, desea saber si también ella teme enfrentarse al papel en blanco... Las confesiones hechas entre artistas, entre artistas quedan.

El último baile

Viviana Miriam Hernández Alfoso

> Él [Jorge Luis Borges] me contó que los tangos originalmente los bailaban sólo los hombres, sin tocarse. Explicaba que era una música que ninguna mujer —ni siquiera una prostituta— aceptaba bailar con un hombre.
>
> María Kodama

Había que ver lo animado que se ponía el bailongo cerca de medianoche. No era por el vino sino por la ausencia del paisanaje y la llegada de los guapos. Las hembras se avispaban al verlos entrar, vestidos de oscuro y con el pañuelo blanco, impoluto, anudado al cuello y colgando sobre la pechera. Debajo, se ocultaba el arma.

Cada uno tenía su rincón. En el ángulo más apartado, solía sentarse Bautista Pereyra. No era de hablar con nadie, bebía su vino o su grapa y observaba a los bailarines. El que se acercaba lo hacía bajo su propio riesgo o por algún caso de extrema necesidad, alguna cuenta pendiente que requería la afilada diplomacia del malevo.

Sobre los ojos grises, del mismo color del hierro oculto, el ala del chambergo ensombrecía la mirada. Pereyra seguía cortes y quebradas de los hombres en la pista de baile y en su mente, los clasificaba, según la ligereza de pies, según la habilidad demostrada. Por esas cosas de la vida y la política, tal vez debiera enfrentarse a alguno de ellos chuchillo en mano y conocer de antemano sus movimientos podía serle útil, darle la ventaja de un segundo para escapar a un puntazo.

Pasada la medianoche, solía llegar Nicanor Vega. Se sentaba en la esquina opuesta. A sus pocos años ya se le reconocía la autoría de algunas muertes, y en otras, se sospechaba su firma. Trabajaba para el doctor Fuentes y se le veía seguido en el comité, haciéndole de ladero. Conchabo no faltaba para nadie con buena disposición para destripar al prójimo en época de elecciones, y el gobierno de Uriburu llegaba a su fin. Roca andaba buscando su segunda presidencia.

Vega volcó la grapa entre pecho y espalda y, acomodándose el fieltro marrón, atravesó el salón por el medio de la pista. Se detuvo a prudente distancia de Pereyra y se tocó el ala del sombrero a modo de saludo e invitación. No iba a ser la primera vez que se midieran en la pista. Los concurrentes al quilombo esperaban aquel momento con cierta ansiedad. Pereyra se puso en pie y sintió el premonitorio peso del cuchillo.

Frente a frente, tan cerca uno del otro que se quemaban con las respiraciones, empezaron a moverse, siguiéndose, en espejo. Guardando una mínima distancia, fueron trazando dibujos con las piernas, ochos en el suelo que se transformaron en firuletes, arrastres que rascaban el rústico embaldosado. Ojo contra ojo, se presentían más que adivinaban el movimiento del otro, al son de un tango. La concurrencia admiraba los cadenciosos requiebros.

Un tango siguió al otro y ambos guapos, entrelazados sólo por el aire que se quemaba en derredor de ellos, tan cerca que de vez en cuando las puntas de las chalinas se rozaban. Seguían ensimismados en aquella danza, en aquel juego, al que sólo los hombres muy hombres se animaban. Luego, era regresar cada uno a su rincón, beber e irse. Sin hablarse, siquiera, porque no era necesario.

La Gringa, mixtura de sangre polaca y criolla, se acercó a Pereyra.

—Pereyra —dijo, entre saludo y ruego.

—Gringa —respondió Pereyra, llevándose la mano al sombrero.

—Dicen por ahí que quieren matarlo. Vine a ponerle sobre aviso. Cuídese, Pereyra. Usted sabe que lo quiero bien.

El guapo se inclinó ante la mujer. La vida no le había sonreído a la Gringa, nacida en el lado equivocado de la cama y sufriendo su niñez en un mísero conventillo. Aún así, la suerte no le había cambiado la fidelidad de mujer enamorada. Ella no perdía las esperanzas con Pereyra.

No era la primera vez que lo habían señalado. Pereyra era hombre de don Humberto Leal y las elecciones venían bravas. Mucho gauchaje ignorante, muchos inmigrantes que habían levantado cabeza a fuerza de trabajo y sacrificios defendían a uno u otro candidato. Pero ese era su trabajo, el de abrir camino a través de las tripas de otro. Alguna vez, habría de llegarle a él. Era justo.

En una esquina, una sombra se separó de la oscuridad.

—Mejor que sea usted —dijo Pereyra.

—Se agradece —respondió Vega.

—¿Aquí o en el descampado?

—En el baldío.

Caminaron uno junto al otro. De vez en cuando, un codo rozaba el otro codo, para asegurarse de que siguieran juntos, para ajustar el ritmo de la misma forma que se acoplaban en el baile.

—Si le parece bien —dijo Vega, señalando el baldío.

Se quitaron los sacos para tener mayor libertad. Se quitaron los chambergos para que no les hiciera sombra a la escasa luz de las estrellas. Desenvainaron las armas y los filos destellaron limpios y plateados.

Se buscaron, se midieron, se siguieron, de la misma forma como habían hecho antes, en la pista del quilombo. Fintearon, retrocedieron, volvieron a acercarse, hasta que los filos encontraron la carne.

Pereyra se fue sobre Vega con todo el peso del cuerpo. Vega acopió bravura y se le echó encima. Sintieron cómo la sangre del otro les humedecía el agarre del cuchillo y cómo, por primera vez, sentían el calor del cuerpo del adversario sobre la propia piel.

Cayeron fundidos en un beso de muerte, pero beso al fin.

LA TIENDA

José Joaquín Sachez García

Era justo lo que buscaba. Incluso de niño dibujaba en su mente calles oscuras de ciudades olvidadas, y en alguna de esas callejuelas, iluminada por un sol oculto entre las nubes, aparecía incrustada en la pared la tienda.

Podía ser una tienda de antigüedades o una de libros antiguos.

Ya de mayor, fue perfilando su dibujo mental. Debería ser en una ciudad no demasiado grande, con tradición medieval, religiosa... de librería de anciano.

Zamora, Toledo, Ávila, Cáceres. En cualquier capital de provincias, lejos de la zona turística, huidiza, tímida, escondida de los visitantes floreados y sus zapatillas de colores imposibles, y sus gafas de sol y sus miradas al mapa.

Allí, en la frontera de la visita sajona, debería agazaparse la tienda que tantas veces visitó en su niñez y que nunca existió.

Quiso entrar deprisa.

Como si un relámpago le recorriese la médula espinal, sintió en sus piernas, en sus manos, en sus pupilas, la urgencia de aprehender cuanto antes el sueño factible, por si se escapaba de sus ojos el espejismo, y pellizcar la realidad, entrar en la tienda y decir ya la tengo, ya estoy aquí y la tienda está en mí, envolviéndome, envolviéndonos, con su neblina de polvo carpetovetónico.

Altas estanterías de madera carcomida, polvo necesario para avejentar el espectáculo de forma sublime, y un vendedor a juego, con su bigotito gris mal cuidado, sus arrugas a deshora, ligeramente inclinado por una cerviz nada servil.

A veces, en sus ensoñaciones, no se decidía por una de las dos posibilidades respecto al vendedor. O bien un viejo sabio que conocería los secretos ocultos, de pócimas, de alquimia del xix, de libros prohibidos, de sabidurías ocultas o, mejor, alguien sin substancia

141

y sin conocimiento, que acapara cacharros antiguos para vender a coleccionistas impulsivos, alguien sin la menor idea de lo que tenía.

O la idea romántica del sabio vendedor paciente o la oportunidad de adquirir una joya en manos de un iletrado.

Éste último solía dar mejores resultados, pues a veces vendía artilugios o libros valiosos por un precio infame y, al menos, se establecía el juego del regateo, juego para el que había que estar preparado.

Retuvo la urgencia. Decidió ir despacio y pararse un momento en el escaparate. Es absurdo proceder con nervio. No había clientes dentro, ni en las calles, y, al contrario que en sus sueños, no se veía venir a ningún comprador que le arrebatase algo que aún desconocía.

Efectivamente, parte de su sueño, no todo, estaba allí, en el escaparate mal ordenado de aquella tienda, con la fachada de carcoma y el cristal sugerente, pues la suciedad del vidrio sugería sin mostrar el contenido de la mesa que se recostaba terminal tras el escaparate.

Allí estaban, retozando, copulando desordenadamente, libros en pergamino, juguetes simples de posguerra, candelabros roñosos, bandejitas ínfimas de metal, con ese color de beata metalizada, papeles manuscritos de compras, de ventas, de sanciones… con el sello circular.

Al final de la calle se adivinaba una pareja de turistas que le encogió el corazón. El hombre, sumamente delgado, alto, con la cara aguileña y blanco como la pared sucia. Ella, con gesto de falcónida, miraba las fachadas y los tejados como un galo temeroso.

Supo enseguida que vendrían a la tienda. Ese aspecto anglosajón, con su tranquilidad de espíritu y de cartera, suponía un enemigo fabuloso que sin pestañear se llevaría el preciado y desconocido tesoro que él había rebuscado antes de aprender a hablar.

Empujó nervioso, haciendo un ruido seco y molesto al golpear torpemente el cristal de la puerta con sus dedos llenos de uñas. En un *déjà-vu* cierto, el tintineo de la campanilla que espera a que la puerta se abra le predispuso expectante.

El vendedor, un hombre alto y muy parecido al turista siniestro que acababa de burlar, apenas levantó los ojos de sus gafillas minúsculas para emitir un «enseguida le atiendo» casi imperceptible.

—No se preocupe, no busco nada concreto. Sólo quiero mirar los artículos.

Cuánta razón. Claro que no quería nada en concreto. Lo quería todo. Sin mirar, sin calibrar, sin pesar, sin sopesar. Todo en bolsas de tela hasta que la médula se venza.

El matrimonio vikingo decidió no invadir el territorio añejo, pero se detuvo un momento ante el escaparate para otear lejanamente los objetos. La mujer comenzó a andar, tirando ligeramente del brazo del hombre que seguía curioseando como un roedor nocturno.

Al ver la escena desde el interior de la tienda, supo que el hombre volvería en cuanto pudiese. Había que darse prisa.

Se dirigió nervioso y pausado a la estantería de libros antiguos. Extrajo del vientre del armario un libro encuadernado en pergamino, con el título manuscrito en el lomo, empujando primero hacia adentro los dos libros que flanqueaban el de vitela para no forzar el lomo.

Se trataba del *Liberi Arbitrii,* el libro de Luis de Molina sobre el libre albedrío, en una edición francesa de 1595. Las huellas de carcoma afectaban al texto, pero el precio de cien euros hizo que guardase el volumen nerviosamente entre el costado y el antebrazo, por si un ser invisible y nórdico se lo arrebataba.

Es una lástima dedicar casi todo el dinero disponible a cuestiones de supervivencia tales como la casa, la comida o las criaturas, cuando en realidad lo que llenaba su espíritu eran las pequeñas posesiones sin afán de vanagloria y sin la persecución paranoica del halago erudito.

Casi todos los libros eran de su interés, ya fuera por la antigüedad, el autor, la temática o la propia encuadernación, preferentemente en pergamino, pero también las encuadernaciones españolas de la segunda mitad del siglo XIX, con hermosos tejuelos que enaltecían los viejos y elegantes lomos, algo presuntuosos.

Observó que dentro de una cristalera empotrada en la pared, había más libros antiguos que pugnaban la parte delantera del pequeño escaparate con algunas antiguallas, porcelanas, platos y juguetes antiguos.

Reparó en un juguete japonés, muy simple, posiblemente de los años cuarenta. Consistía en un pajarillo que, al empujar levemente su cabeza hacia abajo, éste se contorsionaba completamente, como si picoteara la comida invisible, levantando la cola de una forma armoniosa.

—Y nada más —dijo acercándose el vendedor, que abrió la puertecilla de la vitrina y extrajo al inanimado pájaro. Es lo único que hace el pajarito.

Y dándole la vuelta, enseñó al impulsivo comprador la etiqueta japonesa.

—Vea, de la segunda guerra mundial. De una tienda de Beijing que tuvo que cerrar por miedo al futuro. Yo sólo compré este pequeño juguete. Me hubiese sentido un saqueador si me traigo más cosas de aquel tenducho agonizante.

—¿Y qué dice la etiqueta?

—No lo sé, supongo que el año de fabricación y el nombre de la empresa que lo hizo.

—¿Cuánto pide por él?

El anciano miró el juguete mientras calculaba. Tanto tiempo no es bueno, seguramente estaría añadiendo la antigüedad, el coste del viaje al Japón, plusvalías, porcentajes, impuestos…

—Un euro.

—¿Está bromeando? ¿Un euro? ¿Y nadie lo ha comprado antes?

—Nadie ha preguntado el precio. Cuando ven que es muy simple lo dejan donde está.

—Pero aun así es muy barato. ¿Dónde está la trampa?

—No lo sé, pero lo cierto es que me da un poquito de miedo. Y no le puedo razonar la causa de este miedo.

—Está bien, envuélvamelo mientras sigo mirando cosas.

Extrajo de la vitrina los libros que estaban junto al juguete. Entre ellos, uno desencuadernado y con restos de carcoma. Cuando desplazó la página de cortesía, arrugada y rota, pudo leer la del título, que también tenía importantes roturas:

Historia de la vida del Bvscón, llamado don Pablos, editado en Burgos en 1627.

Intentó enmascarar su nerviosismo pero éste era tal que casi se le cae el libro de las manos.

Manteniendo una clama imposible, preguntó el precio con una voz quebrada que le hizo sentir ridículo.

—Un euro —dijo el vendedor mientras examinaba el libro, con

las gafillas apoyadas en la punta de la nariz mientras miraba por encima de ellas los restos de carcoma, las manchas de humedad y las orillas del óxido.

—Pero… es queee, verá, ya sé que debo parecer idiota, pero es demasiado barato. Parece que se está burlando de mí.

El vendedor frunció el ceño, y con la voz algo más grave le explicó que los defectos del libro abarataban su precio.

—Además, le faltan más de diez páginas, de la setenta a la ochenta, y las huellas de carcoma afectan al texto, y por si fuera poco tenía seis grabados iniciales y sólo conserva cuatro.

—¿Tiene grabados? No es posible. Es una edición demasiado temprana.

—Sí, son ilustraciones fuera de texto, pero ya le digo, está incompleto.

Decidió no hacer el idiota y no mostrarse asombrado por los precios. De todas formas ya se había imbuido en la neblina irreal de los precios de ensueño.

Después de varias horas examinando libros, comprobó que estaba anocheciendo, pero quería seguir allí.

—No se preocupe, dijo el vendedor. Es usted un buen cliente y hay que aprovechar, mire usted lo que quiera. Para estar en casa sólo tengo mucho tiempo.

Aparte del *Buscón,* del pajarillo nipón y del *Liberi Arbitrii,* fue apilando otros títulos en una caja de cartón, como una edición de *Perito en Lunas* firmada por Miguel Hernández, una carta en francés, manuscrita de Víctor Hugo y dirigida a Flaubert donde le confesaba «… quiero ser Chateaubriand o nada», y otra carta manuscrita por Juan de Yepes, fechada en 1570 y dirigida a Teresa de Jesus, donde le comunicaba la enorme influencia que su *Camino de perfección* había ejercido sobre él.

Reunió unos cuantos libros más de los siglos XVI, XVII y XVIII, casi todos españoles y con las manos temblorosas le preguntó el precio al anciano.

—Vamos a ver, es un euro por cada libro y dos euros por cada carta. En total…

Daba igual el total.

—Treinta y ocho euros.

Le dio dos billetes de veinte euros y ni se le ocurrió decirle que se quedara el cambio, no fuese a indignarse por la propina.

Cogió la caja con ambas manos pero antes de salir observó que en el suelo de la estantería, oculto debajo de ésta, se encontraba un extraño artilugio con un foco en un extremo y una caja al lado con un contenido que no podía adivinar.

—¿Podría decirme qué es eso?

—Ah, creo que es una cámara de vídeo, o de cine. No lo sé, no entiendo de estas tecnologías. Se lo compré a una anciana que me comentó que había pertenecido a su padre. Creo que no funciona.

Mientras tanto, el anglosajón entró raudo por la puerta, mirando hacia atrás por si la falcónida había adivinado sus movimientos, y se le veía temeroso de la caída en picado de la rapaz sobre la descuidada presa.

Examinó algunos volúmenes con prisa, mientras le preguntaba al anciano por los precios. Al escuchar cada precio, el extranjero negaba suavemente con la cabeza mientras devolvía los volúmenes a la estantería.

Mientras ellos discutían de precios, él cogió la cámara y las caja cercana y le preguntó por el precio. El anciano se acercó y le dijo dos euros.

Era mucho peso pero no importaba.

Colocó con cuidado los objetos encima de la caja y cuidadosamente salió de la tienda. Quería andar deprisa, por si se acababa el encantamiento, pero sabía que no debía correr riesgos y anduvo despacio, cuando escuchó unos pasos detrás que hicieron que su corazón se moviese como una locomotora.

—Así venderá poco —escuchó decir al inglés.

—¿Cómo dice?

—Me refiero al anciano; es loco si piensa que venderá mucho a esos precios. *Stupid*. Doscientos euros por una tercera edición. Viejo *stupid*.

Las horas hasta la casa fueron eternas, y extrañamente dejó de interesarse por los libros y cartas adquiridos y se centró en la cámara.

Se trataba de un artilugio extraño, parecido a una cámara fotográfica pero con un compartimento interior que descartaba que fuese de fotografía. Decidió no abrirla por el miedo ya primigenio de velar las fotos. Otro compartimento anexo, mucho más pequeño, que sí se atrevió a abrir, resultó ser un modelo de batería antiquísimo.

En un lateral de la cámara había un interruptor, pero antes de pulsarlo volvió a verla como un todo y entonces lo comprendió. Era, evidentemente, una cámara de cine.

Él era experto en cine antiguo y recordó un par de cursos sobre cámaras cinematográficas, el segundo de ellos sobre cámaras antiguas, incluso con análisis de prototipos anteriores a Méliès, Lumière... Pero desde luego este artefacto era totalmente nuevo para él. Extremadamente pesado, tuvo que ir y volver dos veces desde el establo, una a por los libros y otra a por la cámara, arrastrándola.

El foco era especialmente amplio y la lente era fácil de limpiar. Calculó que la cámara podría haber sido construida entre 1910 y 1930, pero la duda era ¿cómo puede ser de esa época, si debajo del foco aparecen dos diminutos de grabación de sonidos?

Recordó que mucho antes del inicio del cine sonoro ya existían grabaciones en Hollywood de ensayos de futuras estrellas, ¡¡incluida Concha Piquer!!

Por lo tanto, ¿porqué no podía haber cámaras más utilitarias de un período sensiblemente anterior?

No sabía por qué, pero tenía la seguridad de que la cámara podría funcionar e incluso grabar, si se construyeran bobinas que fuesen compatibles. No obstante continuaba con su certeza de que funcionaba. El deseo podía con la certidumbre o al menos con la funcionalidad racional, por lo que despegó un enorme mapa de la comarca que tenía en la pared y, muy despacio, puso la cámara encima de una mesita, mirando al frente, a unos siete metros de distancia.

Puso el dedo, sucio de establo, sobre el interruptor, y lo accionó con cierta firmeza, pues temía que al hacerlo despacio quedase enganchado o inutilizado.

Y efectivamente la pared se llenó de una luz blanca y sucia, como de mármol. La cámara hacía un espantoso ruido de abejorro mal pisado pero desde luego funcionaba, aunque sólo fuese ver una suerte de fundido en blanco.

De pronto, intermitentemente, apareció en la proyección un hombre sentado en una silla de mimbre. El sonido era muy tenue, pero se entendía relativamente bien.

147

El hombre, algo generoso en carnes, hacía aspavientos ligeramente grandilocuentes, pero hablando con seguridad y con afectación. Estaba recitando.

Miró fijamente al hombre, se acercó a la pared tanto que la rozaba casi con la nariz, y se asustó pensando que iba a manchar la proyección.

Tras un minuto analizando al personaje dio un salto hacia atrás.

—¡¡Es Rubén Darío!! ¡¡Es Rubén Darío1! ¡¡Es Rubén Darío recitando!!

Se quedó estupefacto escuchando al poeta:

—Mis amigos me han pedido publicar en uno o dos años que otra edición de mis *Prosas Profanas,* con algunos poemas añadidos para no repetir la edición de que mi amigo Carlos Vega editó hace tres años. La he llamado *Cosas del Cid:*

Cuenta Barbey, en versos que valen bien su prosa....

No pudo esperar más. Dejó a Rubén recitando en la pared y fue a consultar sus notas de literatura. Mientras buscaba los años de las ediciones de Rubén Darío, se decía asimismo «Esto es increíble, y qué mal recita el cabrón».

Y lo encontró.

—Aquí está, 1896, primera edición de *Prosas Profanas,* y 1901 la segunda ampliada. La grabación fue hecha pues, entre esos dos años. Dijo que su amigo Carlos Vega la editó hace tres años. Entonces la grabación es de ¡¡1899!!

El dolor había desaparecido completamente. Se tumbó en el sofá mientras Rubén recitaba horrorosamente *Las ánforas de Epicuro,* cuando pensó que era una alucinación. La enfermedad le habría trastornado. Había que buscar una prueba objetiva.

Para ello, se arriesgó a apagar el aparato. Pensando horrorizado que tal vez no volvería a encenderse.

Con el foco apagado, llamó insistentemente a su gato y lo puso al lado del proyector, dándole algo de leche. Al encenderlo, el gato miró a la pared unos segundos. Cuando perdió interés, continuó bebiendo.

Pasados unos instantes, apareció Rubén hablando y nuevamente el animal miró a la pared, subyugado por la figura humana que estaba en la pared, e incluso bajó de la mesa mirando al personaje con curiosidad. Estaba claro. Era real.

Se sentó nuevamente para ver si había espacio en la cinta para un tercer poema de Rubén, cuando este se levanto y despareció del plano, siguiéndole una mujer bastante mayor, vestida de negro, pero no enlutada, con una asombrosa mezcla de elegancia y timidez y que prefirió permanecer al lado de la silla en lugar de sentarse:

—Yo he decidido recitar unos versos de un librito que escribí hace más de treinta años…

Enseguida reconoció a Carolina Coronado. Y continuó, nervio puro, viendo aparecer prosistas y poetas del cambio de siglo, de todas las edades, recitando o leyendo parte de sus obras, incluido Pérez Galdós, con gesto fastidioso.

Y mantuvo la postura atenta, marmórea, ya sin vida, mientras un muchachillo ya sin público, malentonaba, tímido, nervioso e inédito:

Tierra le dieron una tarde horrible
del mes de julio, bajo el sol de fuego…

El ocaso de un reino

José Luis Molinero Navazo

Wizar notó que su caballo se paraba sin recibir ninguna orden explícita. Miró temeroso hacia atrás antes de desmontar de un animal que estaba a punto de reventar. Le dio unas palmadas en el cuello. Acarició la testina de hierro que protegía la cabeza del animal. Wizar cerró los ojos. Notó el aire rancio a su alrededor. La humedad le había entrado en los huesos después de una noche lluviosa. Los primeros rayos del sol hacían brillar el empedrado que en ese tramo tenía la vía romana. De pronto se sintió cansado. Le sorprendió sentir dolor cuando se quitó el yelmo cónico y sin visera. Le faltaba una de las carrilleras, miró su deteriorada loriga con escamas de hierro superpuestas. Se sentó sobre la piedra cilíndrica caída junto al camino en la que reconoció un miliario con los caracteres latinos de la vía augusta. Miró el caballo que había hecho el esfuerzo de transportarlo. Era un animal hermoso: oscuro, alto, fibroso. Pero ambos llevaban dos días sin comer. El primer día fue porque a pesar de que Wizar era un veterano, la excitación de una batalla siempre le cerraba el estómago; el segundo día porque la necesidad de huir no dejaba tiempo para pensar en otra cosa.

Recordó que días antes habían marchado por esa misma vía romana en dirección contraria; por la inercia del pensamiento, también recordó a Segga, el fiel sirviente que le había entregado un trozo de queso duro la madrugada del día de la batalla. Wizar era uno de los guerreros congregados junto al rey don Rodrigo sobre una pequeña elevación. De pronto vio llegar a Segga. No era normal que un sirviente osara interrumpir las conversaciones del grupo con el rey. Wizar salió hacia su sirviente evitando que se acercara a la élite que rodeaba al monarca. Segga era visigodo y de probada lealtad, pero era un escudero y no estaba bien visto que un subordinado presenciara la reunión. Conocedor de las costumbres, Segga redujo la velocidad para dar tiempo a que su señor abandonara el grupo real. Le entregó el bulto que envolvía la pieza de queso, como escusa para informar con rapidez de que un siervo del noble don Sisberto había dicho que sobreviviría a la batalla porque no entraría en combate. Aquellas palabras significaban que don Sisberto, uno de los hijos de Witiza, que había jurado lealtad comprometiéndose a luchar contra los invasores africanos a pesar de sus desavenencias por el trono visigodo, sería desleal con el rey Rodrigo en mitad de la batalla que se avecinaba. Wizar no podía permitir que un criado, por muy visigodo que fuera, planteara semejante posibilidad. Introdujo el bulto en la bolsa que colgaba de la silla de montar mientras despedía a Segga con malas palabras.

El caballo de Wizar comía con la silla puesta. Afortunadamente, no había amenazado a Segga con azotarlo por faltar el respeto a un noble señor. Segga no era un vulgar criado; por eso, dos días antes había combatido junto a él y muerto con honor en la batalla de la laguna de la Janda.

Sentado sobre el miliario, Wizar vio que su caballo abandonaba el camino marcado por el bordillo pulido por el tiempo para acercarse a unos brotes de hierba. Su estómago le recordó que estaba vacío.

***

Teudis miró orgulloso a su padre. Lo podía reconocer sin problemas entre la masa de jinetes de la primera fila, los que tendrían el honor de ser los primeros en entrar en combate. Algún día estaría junto a su padre, pero para eso tendría que pasar algún tiempo, aunque fuera uno de los pocos guerreros de la tercera fila que llevaba coraza en lugar de loriga. Miró hacia atrás, le gustó ver muchas filas de jinetes a su espalda. El grupo estaba formado por casi trescientos jinetes. Teudis se sintió importante. Cruzó la mirada con varios guerreros, pero nadie dijo nada. Los bufidos nerviosos y constantes de los caballos mostraban los sentimientos encontrados que tenían la mayoría de los guerreros visigodos. A Teudis le gustó imaginar que algunos de ellos pensarían que tenían más derecho que él a estar en la tercera fila, pero para estar allí no sólo contaba la experiencia acumulada y el valor demostrado, también se tenía en cuenta la nobleza de cuna, y su padre había estado a punto de ser el *primus inter pares,* es decir, el rey. Teudis estaba orgulloso de pertenecer a una familia que tenía reconocido el derecho de participar en la elección del monarca, incluso de ser elegido rey de los visigodos. En realidad, Teudis sabía que después de los problemas políticos entre don Rodrigo y la familia de los Witiza, la elección era una costumbre en desuso que sólo servía para mantener el estatus de nobleza entre las antiguas familias visigodas.

—¿Qué?, ¿nervioso?

La pregunta sorprendió a Teudis. Miró al joven que sonreía a su lado con el típico yelmo cónico y sin visera de los visigodos, pero el del joven era de hierro brillante con refuerzos remachados en el borde, carrilleras protectoras y un penacho de pelo teñido en rojo. Había reconocido a Ervigio cuando se colocó a su lado al iniciar el despliegue. Lo saludó con un simple movimiento de cabeza porque no le caía bien; pero era consciente de que el único motivo de la desconfianza hacia un compañero de origen tan noble como el suyo, era que se había postulado como pretendiente de su hermana Clotilde. Esa circunstancia molestaba a Teudis porque Tilda era su compañera de juegos y risas, y aún no había asumido que era toda una mujer de doce años. Los prejuicios de Teudis impedían que pudiera plantearse que él mismo era demasiado joven para muchas cosas, y asumía como normal que, con quince años recién cumplidos, participase en una campaña militar, porque se veía a sí mismo como un noble guerrero visigodo.

Como tardaba en contestar, Ervigio continuó hablando.

—Esta vez tendremos suerte. Será una batalla de verdad. Los norteños no saben qué es un combate entre guerreros montados. Estos africanos son distintos. Tienen caballería —dijo el joven señalando a los jinetes africanos que bordeaba el agua de la laguna de la Janda.

—Su escudo es pequeño, y la mayoría de ellos ni siquiera tienen una lanza para cargar —respondió Teudis por comentar algo.

—Peor para ellos. No dudaré en ensartarlos con mi lanza, rematarlos con mi hacha y darles el golpe de gracia con ésta —dijo Ervigio, acompañando sus palabras con unas suaves palmadas sobre la empuñadura de la espada.

Teudis esperó que Ervigio no contase otra vez que un orfebre de Toledo forjó la espada que su padre le regaló cuando cumplió los diez años. Teudis reconocía que el remate de *cloisonné* en la empuñadora, con incrustaciones de piedras semipreciosas sujetas con oro, la convertía en un arma hermosa.

Cuando cumplió doce años, el padre de Teudis sólo le había regalado una fíbula con forma de águila; sospechaba que se quedó sin espada con empuñadura de *cloisonné* por la intervención de su madre. Teudis había calculado que Ervigio tendría un año más que él. Le envidiaba.

—Ni se te ocurra reírte de los africanos por utilizar un escudo pequeño, o porque algunos tienen flechas en lugar de lanza de recia madera como nosotros. Esos… —El hombre guardó silencio. Teudis le había visto en su misma fila. Le pareció viejo, pero sobre todo le llamó la atención la pobreza de sus prendas. De pronto el hombre continuó. —Esos africanos son peligrosos porque la mayoría no tiene escudo, ni lanza, ni loriga o cota de malla cubriendo su cuerpo como nosotros. Pero no os riáis si queréis llegar vivos al anochecer.

Todo el mundo guardó silencio después de las palabras de Wulfila. Los dos muchachos se miraron. Hasta los relinchos y bufidos nerviosos de los caballos parecieron guardar silencio. Era conocido que no estaba en la tercera fila por nobleza de cuna, sino por su probado valor y habilidad para el combate. Aquel viejo se había ganado el derecho a estar en la tercera fila por méritos que todo el mundo reconocía.

—¿Los conoce?

Teudis se sorprendió haciendo la pregunta en voz alta. Se sintió el centro de las miradas. Como noble tenía derecho a interrumpir, pero opto por explicar.

—Lo digo para luchar mejor.

Wulfila le miró a los ojos. Teudis observó el yelmo cónico lleno de cicatrices.

—Haces bien en preguntar joven Teudis. —Suspiró con dificultad. Por las conversaciones junto a las hogueras nocturnas, Teudis sabía que aquel hombre tenía problemas para respirar desde que una flecha cántabra le alcanzó unos años atrás—. Combatí contra ellos el año 687, cuando desembarcaron en el levante. Aquellos africanos, —dijo señalando a los jinetes que habían llegado hasta la laguna de la Janda—, son peligrosos. En terreno abierto se acercarán al galope dando la impresión de que chocarán contra nosotros, en un encuentro que ganaremos con nuestra pesada armadura, pero en el último momento harán un movimiento con su cadera y el caballo cambiará de dirección mientras os lanza una flecha que, si encuentra vuestro cuerpo, tened la certeza de que la mayoría de las veces atravesará nuestras cotas de malla. Sólo las corazas y las lorigas con escamas metálicas superpuestas detendrán una flecha africana. Pero también puede herir al caballo, y entonces seréis un guerrero cuyo caballo morirá en unos minutos, —guardo silencio un instante para coger aire—, en ese caso rezad para que el animal logre regresar a nuestras líneas, porque si os alcanza su infantería…, bueno, sencillamente harán lo mismo que hace la nuestra.

***

Wizar se puso en pie de un salto, soltando el trozo de queso de su fiel Segga y empuñando la espada que tenía previsoramente desvainada sobre el miliario. Su caballo comía con tranquilidad. Recogió el queso con precaución. Volvió a escuchar el ruido. Lo reconoció. Se tranquilizó. Era el sonido de un carro tirado por un burro o un mulo sobre la vía romana. A los pocos segundos vio aparecer el carro por el recodo que había en dirección norte.

Como siempre que un hispanorromano se cruzaba con un visigodo, el primero bajaba la cabeza haciendo como si no hubiera visto al guerrero, mientras el visigodo miraba con altivez, consciente de su poder sobre los inferiores que no osaban mantener su mirada. El carro pasó junto a Wizar sin detenerse ni preguntar por la batalla. De pronto, el guerrero sintió una profunda rabia interior. Hubiera querido gritar a aquel hombre que los africanos tomarían el reino visigodo. A Wizar se le ocurrió que el hispanorromano acudía al mercado para vender la carga de verduras y que le traía sin cuidado quién mandara en el reino porque su destino era vender verduras.

El carro se alejaba, el caballo comía plácidamente. A Wizar se le ocurrió que la población visigoda y los hispanorromanos apenas se habían mezclado en los tres siglos que llevaban juntos en la península, porque ni unos ni otros vieron la necesidad de hacerlo. Los únicos matrimonios mixtos fueron los concertados entre algunas familias godas nobles y terratenientes hispanorromanos porque era una forma de asegurar el patrimonio familiar. El propio Wizar era consciente de que eso había ocurrido en su familia varias generaciones atrás. Su mente, no su corazón, llegó a la conclusión de que a los hispanorromanos les traería sin cuidado quienes fueran los nuevos amos de Hispania.

***

Wulfila había sido llamado por el rey. Teudis se alegró de que se alejara porque las palabras del veterano guerrero le hacían temblar. Esperó que nadie lo hubiera notado. De pronto sintió una mirada sobre él. Era su padre que le sonreía desde la primera fila para darle ánimos. Decidió esquivar la mirada paterna porque era la reacción que su padre esperaba de un guerrero.

Los caballos estaban nerviosos. Parecían intuir el peligro. Los jinetes intentaban tranquilizarlos mediante suaves golpes en el cuello, pero no conseguían gran cosa.

Teudis sabía que el combate no sería como el tranquilo asedio que apenas un mes antes habían puesto a Pamplona, y que abandonaron cuando el rey Rodrigo se enteró del desembarco africano, pues era más peligroso.

—Es una suerte que Wulfila esté con nosotros —dijo Ervigio inclinándose hacia Teudis para que nadie más lo escuchara.

A Teudis le molestó que su compañero se acercara. Recordó que quería desposar a su hermana Tilda. Él no había pensado con quién se casaría. Eso era algo que decidía su padre, como todo lo importante para la familia.

—Te equivocas —dijo una voz que estaba en la fila de atrás.

Teudis y Ervigio se giraron. Vieron a un jinete cubierto con una loriga de escamas de hierro. No era de mala calidad, pero no tenía escamas superpuestas como la mayoría de los guerreros de las tres primeras filas, lo que significaba menos protección. En el yelmo destacaba un protector para la nariz saliendo de la frente. El guerrero no parecía demasiado rico, sino un simple veterano. Teudis recordaba haberse cruzado con él durante la interrumpida campaña contra las tribus del norte.

—Se nota que es vuestro primer ataque a caballo. Después de la primera carga, las filas se romperán y cada jinete pelea por su cuenta contra un enemigo.

De pronto todas las miradas se volvieron hacia la parte derecha. El rey don Rodrigo se dirigía hacia ellos acompañado de varios *fideles*, miembros de su escolta real. Se hizo el silencio en las filas, hasta los caballos parecieron entender la necesidad de mostrar respeto por el rey.

Don Rodrigo se acercó primero a los nobles situados en las primeras filas. Luego se separó unos metros para hacerse visible a todos. Desvainó la espada consciente de que era el objeto de las miradas; levantó el arma hacia el cielo manteniéndola recta. El rey fue respondido de la misma forma por todos los jinetes. Era algo más que un saludo, era la forma que tenía el rey de decir que recordaría que habían combatidos juntos.

Mientras el rey se alejaba, Wulfila ocupó su puesto. Todos los que estaban a su alrededor permanecieron expectantes, esperando noticias sobre su función en la futura batalla. Era obvio que Wulfila lo sabía.

—Somos la reserva del rey —dijo con expresión solemne en la cara.

Un sonido de abatimiento salió de la mayoría de las gargantas.

—¿Qué significa eso? —preguntó Ervigio.

—Que no podrás llenar tu espada de sangre africana —dijo el caballero que estaba en la fila de atrás.

—¿Por qué? —Esta vez la pregunta salió de Teudis.

—Porque la reserva sólo actúa cuando la batalla necesita un empuje en algún lugar en concreto. Y como somos casi tres veces más que ellos, nuestros compañeros destrozarán a esos africanos. Ni siquiera participaremos.

El silencio se hizo en las filas. Teudis sintió que le alegraba saber que no combatiría. Esperó que nadie pudiera leer sus pensamientos.

***

Tenía razón. Segga tenía razón. El pensamiento llegó a la cabeza de Wizar como un martillazo en la cabeza.

Se sorprendió sintiendo ganas de llorar. No recordaba cuándo fue la última vez que lloró. Debió ser mucho tiempo atrás, probablemente cuando aún era un niño. Miró a su alrededor con el temor de que alguien adivinase sus pensamientos. Wizar no podía consentir que pensaran en él como un hombre débil, como si fuera una mujer o un esclavo. Él era un guerrero, y nunca daría muestras de cobardía o debilidad.

Miró a su caballo. El animal comía con ganas la hierba mojada por la lluvia. Recordó que durante la batalla había tenido mucha sed, pero no podía parar a beber.

Segga le había llevado un trozo de queso, pero no agua. Miró a su alrededor buscando un charco. Vio lo que ya sabía: aunque deterioradas por la falta de mantenimiento, las calzadas romanas evacuaban el agua. Muchas de ellas habían perdido la capa de zahorra formada por pequeños cantos rodados, ideal para que caballerías y carros marcharan con rapidez y comodidad lloviese o nevase. Recordó que ahora necesitaba velocidad para llevar a Toledo la noticia de la derrota, e informar de que el reino visigodo estaba en peligro. Era necesario organizar un ejército capaz de detener a los africanos antes de que se extendiesen por las tierras de Hispania.

No veía charcos. Salió del camino cerciorándose de que estaba solo. Cuando vio un charco de agua limpia se tumbó y bebió con ansia.

***

La batalla ocurría a poco más de setecientos metros de donde se encontraba la reserva de la caballería pesada. Eran los jinetes de máxima confianza del rey Rodrigo, y sólo esperaban su señal para actuar.

La mayoría de los caballeros habían desmontado para dar un descanso a los animales.

Teudis y otros miraban con interés hacia atrás, esperando que aparecieran los sirvientes que traían burras cargadas con cántaras de agua. Pero no aparecían.

—No me puedo creer que tarden tanto en volver con agua. Les arrancaré la espalda a latigazos —dijo Ervigio con rabia.

Teudis volvió la mirada hacia la batalla, evitando que el resto pensara que compartía ese pensamiento, aunque también se le había ocurrido.

Los guerreros que estaban junto a ellos miraron a Ervigio con expresión de reproche: un guerrero nunca se quejaba de algo tan simple como era un cazo de agua. Cuando un visigodo tenía sed, bebía o se aguantaba, pero nunca se quejaba. Y menos cuando todos sabían que los sirvientes se esforzaban por atender a sus amos. Solo los de mayor confianza eran elegidos para estar al servicio de las tropas durante la batalla.

Los caballos estaban nerviosos a pesar de las palmadas que sus dueños les daban regularmente. No estaba mal visto desmontar para que el caballo descansara, pero pocos se acercaban a las primeras líneas para evitar molestias a la alta nobleza.

***

El problema no era el rey. Wizar tenía claro que don Rodrigo había muerto, porque estaba a su lado cuando más de cuarenta jinetes enemigos les sorprendió en la parada que hicieron en la orilla del río Guadalete.

Los visigodos habían llegado al río con la intención de cruzarlo. Era preferible no utilizar las vías romanas que estarían controladas por el enemigo. Pero cuando los caballos llegaron al agua, bebieron sin que sus jinetes lo ordenaran. Don Rodrigo supo que era importante saciar la sed acumulada durante la batalla que acababan de perder. Porque ninguno de la docena de guerreros que continuaban junto al rey dudada de que los visigodos habían sido derrotados. Por esta razón, el rey descabalgó de su caballo y llamó a todos los guerreros que permanecían a su lado. Un *fideles* se acercó al monarca con un emplaste de hierbas en la mano; don Rodrigo se dejó hacer. Los presentes vieron la herida en el pecho, pero ninguno dijo nada. Todos habían visto cortes parecidos; lo mejor era detenerse, limpiar, coser y descansar. También sabían que el rey no permitiría que la partida se detuviera.

Wizar llegó junto a don Rodrigo con la certeza de que aquel hombre se había comportado como un verdadero rey. Había combatido con valor, convirtiéndose en un ejemplo para todos. Por eso pudo evitar la desbandada visigoda al conocerse la traición.

En realidad ni el rey, ni los *fideles,* ni Wizar, se dieron cuenta de lo que estaba pasando. Hasta que estuvieron rodeados.

Wizar nunca había combatido contra los africanos. Eran duros, ágiles a caballo, y huidizos cuando actuaban como infantes. Wizar golpeó con el filo de su hacha la cabeza de un infante de piel morena. Su experiencia le decía que una vez perdida la lanza, lo mejor contra la infantería era utilizar el hacha de mango largo. Wizar había hecho muchas campañas y por eso se había acostumbrado al ruido que hacen los huesos al romperse.

Como hacían todos los guerreros que tenían el honor de combatir junto a don Rodrigo, después de abatir a un enemigo buscaba con la mirada al rey, con la finalidad de observar si corría algún tipo de peligro. No era algo incluido en el Liber Iudiciorum, norma legal del ejército visigodo, sino una costumbre basada en un deber moral autoimpuesto.

Por eso Wizar estaba a más de veinte metros del rey cuando vio que un africano a caballo se acercaba al grupo del rey por retaguardia. Primero se sorprendió. Luego se planteó qué estaba ocurriendo, incluso llegó a pensar que el solitario enemigo se había equivocado de dirección en el ataque. Recordó que años atrás, luchando contra los francos, él mismo se encontró de pronto rodeado de enemigos. En aquella ocasión tuvo la suerte de percibir que había perdido la dirección del ataque. Pero aquel africano parecía seguro de mantener la orientación correcta.

Apenas había empezado a plantear el problema cuando sintió que algo golpeaba su loriga de escamas superpuestas. Conocía esa sensación porque ya le había ocurrido en otras batallas. El choque de una flecha contra la parte trasera de su cuerpo protegido por su loriga era una sensación difícil de olvidar. Una de las grandes satisfacciones de Wizar después de un combate, era observar las huellas de la batalla en su propio cuerpo. Giró su montura con rapidez a la vez que levantaba el hacha preparándola para dar un golpe. A cinco metros vio un africano agachado preparando una nueva flecha. No llegaría a tiempo. Wizar no podía permitir que su montura fuera herida. No lo dudó. Lanzó el hacha contra el arquero. El arma atravesó el hombro y la flecha salió hacia arriba. Wizar cogió la aclide, la maza de hierro que siempre llevaba en la parte trasera de la silla de montar.

Buscó al rey con la mirada. Observó que ahora eran media docena de africanos a caballo quienes atacaban el núcleo del monarca. Lo importante en ese momento no era plantearse qué estaba ocurriendo, sino lanzarse contra los africanos que aparecían por la retaguardia.

**

Teudis tenía la cabeza y la mirada dirigida hacia la batalla, pero en el interior de su cabeza sólo había una idea: saciar la sed. Dejó de prestar atención cuando la infantería visigoda, a pesar de la lluvia de flechas que soportaban, rompió las líneas africanas. Los gritos de júbilo de sus compañeros indicaban que la batalla estaba prácticamente ganada. Pero Teudis hubiera dado lo que fuera por dejar la fila y llegar hasta el arroyo en el que llenaban los cántaros que cargaban los burros. Mil veces pensó que hubiera tenido tiempo de sobra para llegar al río, beber, y regresar a la fila.

—¿Has escuchado?

Teudis estaba, como otros guerreros, sentado en el suelo. Miró a Ervigio con expresión extraña. Tenía tanta sed que había obviado la batalla.

—No veo nada —contestó moviendo la cabeza para aparentar interés.

Ervigio puso una sonrisa de engreimiento. Sabía qué le ocurría a Teudis.

—Me refiero a lo sucedido con los hombres de don Sisberto.

Teudis miró hacia la batalla, veía a godos peleando contra africanos.

—No entiendo.

Ervigio puso en su cara otro gesto de suficiencia antes de responder.

—Dicen que los hombres de don Sisberto se han retirado de la batalla.

—¿Don Sisberto?

—Sí, ya sabes. Uno de los hijos de Witiza.

—¿Y por qué ha hecho eso?

—Nadie lo sabe. En la primera fila están hablando con Wulfila. He escuchado varias veces la palabra traición.

—¿Traición?

Teudis tenía sed, pero recordó las cenas junto a otros nobles que mantenía su padre. En estas ocasiones, lo más importante no eran las viandas, siempre de excelente calidad, sino las conversaciones. Su padre le permitió participar en las reuniones cuando cumplió doce años, aunque no hizo falta que nadie le avisara de que sólo podía escuchar. En realidad le daba igual, porque lo divertido era que sus hermanos menores preguntasen de qué hablaban los mayores y él se negaba a responder. Teudis se levantó del suelo recordando que algunos amigos de su padre opinaban que no podían fiarse de quienes habían defendido el derecho de sucesión al trono de Witiza, oponiéndose a don Rodrigo en la última disputa por la corona visigoda. También recordó que su padre decía que no sólo apoyó a don Rodrigo por las prebendas que el rey otorgaba a sus partidarios, sino porque después de tantas guerras entre visigodos, había llegado a la conclusión de que lo mejor para ellos era superar el sistema de elección real basado en el *primus inter pares*. Para su padre, este sistema fue útil trescientos años atrás, cuando la herencia tribal mantenía la necesidad de elegir al más diestro en la guerra como rey; pero en un reino que está bien asentado, cuyas guerras son contra norteños que nunca pondrán en peligro el poder visigodo, era mejor una monarquía hereditaria que represente a todos. Y que los nobles aplicasen en sus tierras leyes hechas por un buen gobernante. Teudis estuvo a punto de responder que eso no estaba bien, porque como hijo de una noble familia, él no quería perder la posibilidad de llegar a ser rey de los visigodos.

—¿Por qué hablan de traición? —preguntó Teudis sin olvidar su sed.

—No lo sé, pero mira como están tu padre y el mío.

A Teudis no le hacía falta mirar para percibir que había nerviosismo en la primera fila.

* * *

Los africanos que habían pretendido llegar hasta don Rodrigo fueron eliminados en cuestión de segundos porque, además de Wizar y los *fideles,* numerosos guerreros se dieron cuenta del peligro que corría el rey. Pero antes de pensar en lo ocurrido, tuvieron que hacer frente a otra docena de jinetes. Eso no era normal. Podía ocurrir que, en el fragor de la batalla, algunos enemigos valerosos pudieran llegar hasta el centro del despliegue para morir rodeados de enemigos, pero…

Ni Wizar ni sus compañeros tuvieron tiempo de reaccionar, porque un tercer grupo de africanos se dirigía hacia ellos; no eran menos de treinta. A Wizar le hubiera gustado hablar con sus compañeros de armas antes de lanzarse al encuentro del enemigo; estaba seguro de que sus compañeros pensaban lo mismo que él, pero eso sería más tarde, cuando desapareciera el inminente peligro procedente de la retaguardia.

Los africanos sucumbieron bajo los cascos de los caballos visigodos, pero el precio había sido alto; Wizar echó de menos a algunos de sus compañeros. Los buscó en el suelo con la mirada, pero el sonido del cuerno real le hizo volver la vista hacia la infantería africana de la que se había olvidado, y estaba a punto de rodear a don Rodrigo.

Recordó que había lanzado su hacha contra el arquero convencido de que los africanos estaban a punto de iniciar la retirada. Pero para su sorpresa, en lugar de una desbandada, aquellos infantes africanos atacaban con más ímpetu. No lo acababa de entender, pero no se planteó otra cosa que lanzarse contra el infante más cercano al que le aplastó el cráneo con su maza. A Wizar le gustaba más el hacha, pero la maza golpeaba con la seguridad de que no se quedaría clavada en el cráneo de algún enemigo.

Otra flecha golpeó el cuerpo de Wizar. Machacó la cabeza de un enemigo, pero aparecieron tres más en el mismo lugar. Un infante africano, armado con una espada corta, puso un pequeño escudo de madera sobre su cabeza para recibir el golpe de la maza. El visigodo intuyó el movimiento antes de asestar el golpe y supo que su golpe no tendría demasiados efectos. Pero Wizar era un veterano que había realizado más de diez campañas contra los infantes cántabros y utilizaría su caballo como arma: Tiró de las riendas hacia atrás, haciendo que su montura levantara las patas delanteras. De esta manera protegía sus piernas y sorprendía al africano. Wizar giró en el aire a su caballo, que reaccionó con la experiencia de quienes forman un equipo, y al bajar golpeó con los cascos los hombros del enemigo que cayó al suelo, donde fue pisoteado por el caballo; mientras Wizar buscaba una posición adecuada para dejarlo fuera de combate con la maza, levantó los ojos por inercia, o quizá por experiencia, y vio a más jinetes atacando desde la retaguardia a la cada vez más exigua escolta real.

* * *

Teudis olvidó su sed mientras miraba a su padre. Tuvo la certeza de que los ojos de todo el mundo estaban fijos en aquel hombre valiente, leal, duro pero incapaz de pegar a un sirviente. Su padre tenía que decidir. De pronto, Teudis echó de menos el ambiente relajado, incluso festivo, que había en la reserva hasta que Wulfila dijo que había que atacar sin esperar las órdenes de don Rodrigo.

La sed era difícil de olvidar, pero Teudis supo que don Sisberto, uno de los hijos de Witiza, había desertado en mitad de la batalla a pesar de haber jurado lealtad a don Rodrigo. Y lo peor era que el rey le había entregado la responsabilidad del ala izquierda del despliegue visigodo. De manera que la retirada de los partidarios de Sisberto permitió que la rápida caballería africana pudiera envolver el centro godo.

Teudis se alegró de no estar en el lugar de su padre. Era una decisión difícil y la duda resultaba comprensible: ¿debía lanzar la reserva en ese momento o sería mejor esperar a recibir órdenes del rey a través de un mensajero o del sonido del cuerno real, tal y como había establecido don Rodrigo con su padre? A pesar de todo, Teudis tenía la sensación de que todos los guerreros que estaban allí acatarían la decisión, cualquiera que fuese. Todos sabían que la reserva de caballería pesada goda arrasaría a los enemigos africanos que desde la distancia se apreciaba que rodeaban al rey. Pero otros nobles señalaban que el principal problema era que el grupo de caballería era la única reserva.

Teudis se alegró de no tener que decidir. Estaba seguro de que muchos creían lo mismo que él. Pensó que era una suerte que nadie pudiera leer su mente, porque era indigno de un noble visigodo con aspiraciones a ser elegido rey.

—Lo que ha hecho el hijo de Witiza es una violación del Liber Iudiciorum —dijo Alarico.

Teudis pensó que el conde Alarico era tan estúpido como su hijo Ervigio. Estaba claro que la huida de la batalla era una violación del código de fueros, desafueros y de la conducta en combate de quienes formaban parte del ejército visigodo. Teudis miró a su derecha, observó que Ervigio estaba orgulloso de las palabras de su padre; se preguntó por qué su compañero de armas no percibía que las palabras de Alarico, por muy noble que fuera, eran una obviedad.

—Tenéis razón señor conde —señaló Wulfila con voz pausada y tono respetuoso. Volvió la cabeza hacia el padre de Teudis—. Pero si no atacamos ahora, dentro de poco no habrá rey al que podamos defender.

En ese momento, Teudis supo que su padre daría la orden de ataque. Sabía que su padre sería leal con don Rodrigo y que el comentario de Wulfila podía ser interpretado como un desafío. Implícitamente era una forma de decir que si la caballería de reserva no intervenía, don Rodrigo moriría. Y su padre podría ser nombrado rey visigodo, pues era el más prestigioso de los *primus inter pares*. Teudis sabía que su padre no aspiraba a ser rey; don Rodrigo podría morir en manos de los africanos o vivir, pero no sería por su culpa.

***

Wizar miró su caballo. Comía plácidamente. Durante un instante sintió que le envidiaba. Era un semental precioso. Siempre le gustó ese caballo. Sin duda era el mejor de todos lo que había tenido. De pronto recordó a su familia: a su hijo mayor Atanagildo, montado en el semental con sólo siete años, anticipando un futuro guerrero visigodo digno de su familia. A Crona, su hija, que con apenas seis años ya apuntaba maneras de que sería una mujer preciosa. Y de Witerico, su hijo menor, cuyo nacimiento hacía ya cinco años supuso la muerte de su madre, de su esposa, de su compañera. Su mujer decía que tenían unos hijos tan hermosos y fuertes porque la mezcla de la sangre del norte de ella y del levante de él siempre mejoraba la estirpe.

Wizar siempre se alegró del acierto de su padre en el momento de buscarle esposa; fue una decisión paterna que le había hecho muy feliz. No había querido realizar nuevas nupcias con nadie, ni siquiera el rey le había insinuado desposarse con alguna mujer de noble cuna. Ni lo necesitaba, básicamente porque nunca había tenido problema para *invitar* a su cama a alguna aldeana hispana; ni le apetecía compartir su vida con otra mujer.

El sol había secado la vía romana. Se pregunto cuánto tiempo llevaba allí. Su caballo había dejado de comer. Enfundó la espada, montó y continuó el camino.

A él le había tocado llegar a Toledo.

***

Teudis no podía olvidar su sed.

La carga había sido un éxito. La caballería africana que amenazaba la retaguardia visigoda había desaparecido en el choque con la caballería pesada. Tal y como aprendían los jinetes visigodos desde su niñez, al iniciar la carga, las filas se abrían para ocupar mayor frente y que cada guerrero pudiera atacar a un jinete enemigo. Cuando los jinetes africanos se dieron cuenta de lo que estaba ocurriendo se estorbaron entre ellos en su intento de huir, pero ya tenían encima la caballería pesada visigoda cargando sobre ellos a toda velocidad. La reserva estaba formada por casi trescientos guerreros a caballo, y por eso en el primer choque fueron ensartados por lanzas con puntas de hierro esa cantidad de jinetes e infantes africanos.

Teudis se sintió poderoso durante los dos minutos transcurridos desde que se inició la carga de la reserva hasta el choque con los africanos. Había escuchado historias de guerreros veteranos sobre la agradable sensación de participar en una carga de caballería, pero además había tenido la suerte de ver la mirada de pánico del africano al que ensartó con su lanza antes de que se girara intentando huir. El problema fue que llevado por el ímpetu inicial, había olvidado evitar golpear el centro del cuerpo, porque la lanza atravesaría el cuerpo del enemigo abatido y perdería el arma en el primer choque, y eso fue lo que ocurrió. Afortunadamente tenía un hacha de mango largo para combatir desde lo alto del caballo.

Vio a su padre saludando al rey. Éste no dudó en posar su mano sobre el hombro de quién había ordenado la carga salvando la situación. En ese momento, Teudis y sus compañeros empezaron a conocer lo que había ocurrido. No sólo había desertado Sisberto, sino que Obba, el otro hijo de Witiza, también había abandonado el campo de batalla junto a sus hombres. Pero lo peor fue que el conde don Julián, responsable de la plaza de Ceuta y antiguo conocido de don Rodrigo, que antes de ser rey había sido responsable de toda la Bética, había traicionado a los visigodos. Los más veteranos señalaban en voz alta que ahora entendían porque los africanos habían escogido aquella laguna para presentar batalla. La orilla de la laguna de la Janda era un lugar perfecto para ellos porque evitaba que les envolvieran las más numerosas fuerzas visigodas, a la vez que les permitía tener, a través de las montañas a su espalda, una ruta de huida hacia la orilla del mar en caso de fracaso. Eso sólo lo podía haber previsto un visigodo que conociera perfectamente la zona, y era obvio que el conde de Ceuta la conocía.

Pero los saludos y los comentarios alegres apenas duraron unos segundos, porque estaban en una batalla. Teudis se sorprendió cuando una flecha le golpeo el yelmo. No tuvo tiempo de mirar al cielo porque vio que todos los guerreros ponían su escudo sobre la cabeza, a la vez que espoleaban a sus caballos hacia delante para salir de la zona de caída de las flechas. Teudis les imitó mientras pensaba que, a pesar de que no tenía muy claro su ubicación en la batalla, estaba casi seguro de que se dirigían hacia la infantería enemiga, y que lo más sensato era cabalgar en dirección contraria.

Teudis miró a ambos lados para saber si era el único que se había dado cuenta de que tomaban una dirección errónea, pero sólo vio a Ervigio a unos metros de distancia. Gritaba con una flecha clavada en la pierna. Se alegró pensando que, a pesar de toda su nobleza, no era más que un estúpido engreído que a partir de ese momento andaría cojeando. De pronto, Ervigio movió la cabeza para ver su herida y otra flecha le atravesó el cuello, cayendo del caballo. Teudis espoleó su caballo, seguro de que Ervigio no se casaría con su hermana Tilda. Sonrió pensando que no le había servido de nada tener una preciosa espada con empuñadura de *cloisonné* repleta de incrustaciones de oro y piedras.

***

Durante toda la jornada, Wizar había pensado que lo peor de todo sería llegar hasta allí. Temía a aquel cruce más que a un ataque de los rápidos africanos, aunque estaba seguro de que sus avanzadillas no estarían muy lejos. Por eso les habían sorprendido mientras el rey Rodrigo daba instrucciones a los supervivientes que habían protegido la salida del rey de la batalla, no la huida, porque Rodrigo no hubiera dudado en morir como rey visigodo…

—Aún podemos salvar el reino —dijo el rey en cuanto los supervivientes se reunieron a su alrededor en la orilla del río Guadalete.

Don Rodrigo no se había agachado a beber. Ninguno de los guerreros que estaban a su lado lo hicieron porque era una falta de respeto. Pero todos miraban el cuerpo del rey lleno de sangre, la mayoría enemiga, y sin yelmo, mientras le colocaban un emplaste en la herida del pecho.

—En primer lugar quiero que sepáis que nunca he tocado a las hijas del conde don Julián. Esa supuesta ofensa sobre sus hijas no es más que la escusa de un traidor para justificar su acto —don Rodrigo paró un instante—. Respecto a los hijos de Witiza, está claro que nos han traicionado porque ambicionaban la corona, no para salvar el honor de su padre. Para los traidores, las apelaciones al honor sólo son una manera de enmascarar deseos ocultos.

Ninguno de los agotados guerreros que estaban junto a rey decía nada, se limitaban a mirar con gesto adusto.

—Pero aún podemos salvar el reino evitando que caiga en manos de africanos y de traidores. Hay que formar otro ejército —don Rodrigo se detuvo para acoger aire antes de continuar hablando. Empezó a señalar con la mano derecha a cada uno de los interpelados—. Debéis partir y dar aviso de lo sucedido: Tulga a Murcia; Wizar a Toledo; Opilano a León y Chindasvinto a Barcino. Decidles… —El rey estaba agotado. Tenía dificultades para respirar—. Contad lo ocurrido y que preparen un ejército unido, porque de lo contrario los visigodos perderemos el reino.

Wizar miraba el cruce que había en la calzada. Se giró hacia atrás. Sabía que el rey estaba muerto. Recordó que era necesario una reunión de los *primus inter pares* para nombrar un monarca, con sus correspondientes deliberaciones, sobornos, delaciones y asesinatos disfrazados de dolorosas enfermedades producto del veneno. Y luego… luego la elección de un nuevo rey que nunca sería del agrado de todos, con el problema que eso implicaba para la creación de un ejército victorioso.

Además, la mayoría de los nobles con la consideración suficiente para aspirar a ser *primus inter pares* estaban muertos. Después habría que decidir quiénes serían los nobles de segunda fila que tendrían derecho a formar parte de la élite —suspiró con cansancio—con todos los problemas que eso significaba.

Wizar se planteó cuántas luchas intestinas ocurrirían antes de que se celebrase la primera reunión para elegir rey.

Se entristeció. Miró atrás, temeroso de las vanguardias africanas.

***

Teudis sabía que tenía sed, no era consciente de que estaba cubierto de sangre enemiga, y tampoco sabía que su caballo estaba a punto de morir porque tenía una jabalina clavada en los cuartos traseros. Ninguno de los visigodos que permanecían en pie había tenido tiempo para pensar en otra cosa que en defenderse. La carga de caballería evito la inminente captura del rey, pero los jefes africanos reaccionaron bien, y las andanadas de flechas rompieron la cohesión visigoda, evitando que pudieran organizarse de nuevo.

Quizá fuera la sed, pero Teudis había dejado de sentir la satisfacción de escuchar el sonido de su hacha golpeando a un enemigo. De pronto, notó que bajaba su altura respecto al suelo. No sabía que ocurría, pero al ver que los africanos le rodeaban, espoleó con fuerza a su caballo que pudo dar un salto hacia lo que Teudis creía que eran las líneas visigodas. El caballo murió sin que Teudis pudiera evitar ser arrastrado al suelo.

La visión del campo de batalla desde la tierra húmeda de la orilla de la laguna hizo que Teudis tuviese conciencia de su propio miedo. Afortunadamente, el cuerpo del animal no le había aprisionado las piernas. Se puso de pie con rapidez. Vio a un africano a escasos metros de él. Movió el hacha en círculos evitando que se acercaran. En un instante llegó a su cabeza lo injusto que resultaba que un guerrero noble y valiente combatiese como un vulgar infante sin recursos para pagarse un caballo. Era el hijo de la alta nobleza visigoda y tenía derecho a combatir a caballo.

***

Wizar dejó de mirar el cruce de la calzada romana y desvió la mirada hacia los campos de alrededor. Le sorprendió ver hispanorromanos trabajando en ellos, porque no había reparado en ellos hasta entonces. Asumió que verles trabajar era parte del paisaje. Recordó sus propias tierras, a sus hijos, las risas infantiles frente al fuego, las camas calientes en invierno.

Decidió continuar por la vía Augusta hacia el levante, hacia su tierra. No merecía la pena llegar hasta Toledo.

***

Teudis estaba rodeado. Utilizó la espada para combatir porque apenas había dado un par de golpes cuando el hacha se quedó clavada en el pecho de un enemigo que cayó al suelo arrastrando el arma. No tenía claro cómo, pero vio un caballo a unos metros de él. Ni lo dudó, ni se planteó qué habría sido del jinete, ni que el animal llevaba adornos africanos. Montó con rapidez, echando de menos los recios estribos de las sillas godas. No olvidó la sed, pero estar sobre un caballo le hizo sentirse descansado.

Un grito a su derecha le hizo girar la cabeza y vio la figura de don Rodrigo volviendo grupas para, obviamente, abandonar el campo de batalla. Imaginó que el *fideles* con el cuerno de avisos estaría muerto. A su alrededor había bastantes visigodos combatiendo en el suelo. Pero ese no era problema suyo. Teudis picó espuelas para seguir al rey. Vio a Wulfila combatiendo contra tres africanos. Durante un instante se planteó ayudar al veterano guerrero. En el mismo segundo que decidió dejarlo a su suerte, los ojos de Teudis se cruzaron con los de Wulfila. El joven abandonó el campo esquivando cadáveres de hombres y caballos, mientras pensaba que Wulfila moriría y que nadie se enteraría de que lo había abandonado.

Lo primero que pensó Teudis cuando el rey descabalgó en la orilla del río Guadalete y encargó a varios guerreros la misión de acudir a diferentes ciudades para preparar otro ejército visigodo, fue que tenía sed, pero como nadie se agachaba para beber, él tampoco lo hizo. En cualquier caso, a Teudis le consolaba pensar que estaba en una reunión digna de un noble como él. Quizá por eso se preguntó por primera vez por la suerte de su padre.

Teudis deseaba que don Rodrigo callase para beber agua, tal y como hacían los caballos.

—¡Nos atacan! ¡Los africanos están aquí!

La voz del visigodo que llegaba a caballo agujereó el oído de los presentes, un instante antes de que, a menos de cincuenta metros, la caballería ligera africana se dirigiese hacia ellos a toda velocidad.

—¡Idos! —ordenó el rey.

—Pero majestad... —dijo Opilano.

—No hay opción —gritó de pronto don Rodrigo subiendo a su montura—. Un reino siempre es más valioso que un rey. Partid, nosotros cubriremos vuestra retirada.

Los pensamientos se agolpaban en la cabeza de Teudis. Tenía sed, pero también quería salir de allí. Envidió a los emisarios, porque huían de la muerte con honor. Observó que junto a los africanos marchaban varios guerreros visigodos. Estaba claro que don Julián no quería dejar testigos de su traición y por eso morirían todos. Huir era la única opción razonable.

Teudis montó a caballo sintiendo que la sed le apretaba la garganta. Los africanos apenas estaban a unos metros cuando notó un golpe en su pierna derecha. Supo lo que era antes de mirar la flecha que tenía clavada.

Teudis tenía sed. Empuñó la espada planteándose que quizá sobreviviese si ofrecía un rescate por su vida. Su familia era rica. Sería un buen prisionero.

Teudis no tuvo tiempo para pensar porque la siguiente flecha le atravesó la cabeza y cayó al río Guadalete.

Teudis sintió sed.

Antes un mundo rindieras

Ricardo Aller Hernández

La Habana, 6 de junio de 1762

Cuando el sol empezaba a teñir de rosa las macetas de las casas que daban al Canal Viejo de Bahama, Antonio Castejón abrió de par en par los ventanales del dormitorio, dispuesto a disfrutar de un cigarro puro al amparo del amanecer caribeño que, inmenso, se abría ante él con todo su esplendor. Acodándose en el alféizar, recortó el habano con la habilidad que otorgaba la práctica y, antes de darle la primera calada, echó una ojeada al interior de la habitación, donde su negra aún seguía remoloneando entre las sábanas que el pegajoso calor hacía que se adhirieran a su cuerpo como una segunda piel.

—Qué gran tierra esta, vive Dios —dijo sin apartar la vista de las generosas curvas de su amante.

El lejano repique de las campanas de San Cristóbal deshizo de un plumazo el momento de calidez casi místico en la que el soldado se había dejado envolver bajo el embrujo de tanta belleza. Al fin y al cabo, Cuba ofrecía todo lo que un hombre podía comprar con una soldada que, aunque siempre exigua, se complementaba de cuando en cuando con algún doblón desviado a la Fuerza Real: comida diaria, buen ron, una mujer con la que compartir esas horas en las que el alma necesita un cuerpo que acariciar o partidas de naipes que se alargaban desde el ocaso hasta que el sol volvía a despuntar en la raya del horizonte, momento ese en el que la mayoría de jugadores se veían obligados a retirarse trasquilados de lana hasta sus puestos en La Punta, Cojimar o La Chorrera, frente a los pocos que, intuyéndose acariciados por la suerte, seguían tentando a la fortuna hasta que los bueyes dejaban de ser putas para convertirse en doses, ya fuera por el azar o por la mano de un doctor de la valenciana experto en ahuecar el as, momento ese que solía provocar arrufaldadas y posterior danza de blancas en alguna calle sombría de La Habana.

—La más hermosa que haya podido ver ojo alguno —remachó el murciano mientras dibujaba circulitos de humo que se perdían en la bahía.

Arrebujado por el bullicio de la plaza de San Francisco, dio una nueva calada al cigarro, entrecerró los ojos y comenzó a darle vueltas a una nueva estrofa del poema —en el Morro decían de él que tan mano buena tenía con el cañón como con la pluma— en el que llevaba varias semanas trabajando.

—Cuando vine traje tierra española / cuando vaya llevaré tierra cubana…

Mientras que con el rabillo del ojo veía desperezarse a su negra, Castejón fijó la vista al otro lado de la bahía, buscando la inspiración en el hipnótico rugido de las olas al chocar contra las rocas sobre las que se erigía el castillo de los Tres Santos Reyes Magos del Morro, cuando de repente unos pequeños puntos negros que parecían deshilacharse a lo largo de la fina línea del horizonte llamaron su atención. Inquieto, hizo visera con la mano, pero aquellos bultos se encontraban demasiado lejos, así que se acercó hasta la silla donde se encontraba su chaleco y sacó el catalejo que siempre lo acompañaba desde que lo ganara en Isla Tortuga en uno de esos juegos de cartas que los marineros y demás jábega de marrajos llamaban de estocada, calificados así por la rapidez con la que un hombre solía quedarse sin dinero, habla ni aliento.

—¿Por qué no vuelves a la cama, cariño?

Ignorando la insinuación de su negra, regresó a la ventana y dirigió el telescopio hacia la bahía, recubierta a esa hora bajo el velo rojizo provocado por la reverberación de la luz del sol sobre las aguas, y realizó un barrido por el mar siguiendo la estela de espuma blanca dejadas por las sombras que, a medida que se aproximaban, parecían fragmentarse en multitud de manchas trapezoidales, hasta alcanzar tan solo un minuto después la forma inconfundible de centenares de velas. Tenso como la cuerda de su guitarra, Castejón se clavó el catalejo en el ojo a la vez que negaba con la cabeza lo que ya era un hecho bajo el aumento de la lente: navíos de línea de dos y tres puentes con franjas negras, amarillas y blancas navegando con rumbo sursudoeste hacia la isla con el viento de través, flanqueados por varias fragatas de observación que cortaban el viento con todo el velamen desplegado.

—La puta de oros —farfulló al fin mientras buscaba la bandera que izaba en el palo mayor del buque de mayores dimensiones.

Entonces la vio, ondeando al viento con la arrogancia propia de sus hijos. Aún bajo los efectos de ver cómo se iba agrandando bajo el anteojo la cruz de san Jorge, el murciano se apoyó en la pared, presa de un aturdimiento que hizo que la voz caramelizada de su negra llamándolo se perdiera en el eco imaginario de las aguas al impactar contra los cascos de aquellos malditos barcos que aprovechaban los alisios para acercarse a la isla. Porque aunque Antonio Castejón se consideraba valiente y buen español, de los que prefieren morir en defensa de su honor, de su Dios y su rey —en ese riguroso orden—, al ver los colores de aquella bandera no pudo evitar que se le helaran las venas.

Y en ese instante, olvidándose de su catalejo, del chaleco y hasta de su negra, el soldado salió corriendo hacia la parroquia Mayor donde se estaba celebrando la misa del Corpus para alertar al capitán general Prado Portocarrero de que los ingleses se disponían a atacar La Habana.

***

Castillo de San Salvador de La Punta, 6 de junio de 1762

—28 navíos de línea, 10 fragatas, 4 bombardas y 180 embarcaciones que deben transportar, hereje arriba, hereje abajo, unos veinte mil hombres.

Nada más terminar la frase, el almirante Gutierre de Hevia tragó saliva, atento al gesto seco e inaccesible del gobernador Juan de Prado Portocarrero, quien paseaba con las manos cruzadas a la espalda, manteniendo la actitud de aparente indiferencia que correspondía a todo un capitán general de Cuba al escuchar las formidables proporciones de la flota británica que ya se podía avistar desde el castillo de La Punta sin necesidad de catalejo alguno.

—¿Y dónde están ahora?

—Al oeste, por Guanabacoa.

Prado chasqueó la lengua mientras deambulaba de un lado a otro de su despacho ante las miradas ansiosas de los miembros de la Junta de Defensa, compuesta por el marqués del Real Transporte Hevia, el mariscal de campo Diego de Tabares, el comisario ordenador de Marina Lorenzo Montalvo, Dionisio Soler, teniente Rey de la plaza, el capitán de navío Juan Antonio de la Colina, el ingeniero jefe Baltasar Ricaud y el comandante de artillería José Cullel de la Hoz. Antes de tomar de nuevo la palabra, el gobernador se detuvo frente a la ventana y respiró hondo, dejándose acariciar por la brisa de la bahía.

—¿Cómo vamos de artilleros?

La pregunta se perdió por unos instantes entre los recovecos de la fortaleza de La Punta. Toda la Junta sabía que el problema de la defensa de la ciudad no era únicamente la falta de soldados —apenas 1500 hombres repartidos entre el regimiento de Infantería, mandado por el general Alejandro Arroyo y compuesto por cuatro batallones de seis compañías, el Batallón II al mando del teniente coronel Feliú, distribuido en nueve compañías para un total de 636 soldados, el cuerpo de Dragones, organizado en cuatro agrupaciones de 54 soldados a caballo y 21 a pie, y los Dragones de Edimburgo, formado por 200 jinetes—, sino la pertinaz resistencia del gobernador a atender las recomendaciones de los ingenieros para mejorar las defensas y garantizar así la seguridad de la ciudad ante cualquier ataque, ya fuera marítimo o terrestre.

—No muy bien —respondió el almirante Hevia, rompiendo el tenso silencio que había invadido el despacho—. Pero lo peor es la artillería, pues de los 340 cañones de los que disponemos, únicamente 107 están operativos.

Iba Prado a dejar escapar un nuevo chasquido, cuando el ruido de unos pasos procedentes del pasillo hizo que todas las miradas se centraran en la silueta alargada que la luz del sol iba dibujando en las paredes, a lo que le siguió un rumor creciente cuando un hombre de nariz trabajada, mentón prominente y ojos vivos que relucían con la misma fuerza que las charreteras doradas de su casaca entró en la sala, despertando a partes iguales signos de admiración con otros —a Hevia no se le escapó el gesto contrariado de Prado— que hasta el más prudente de los hombres solo podría calificar de poco amigables.

—¿Y ese quién es? —preguntó el ingeniero Ricaud en voz baja al compañero que tenía al lado, el comisario Montalvo.

—¿Es que acaso no sabe usted quién es el capitán de navío don Luis de Velasco y Fernández de la Isla? —respondió el otro, francamente sorprendido.

Ricaud se limitó a encogerse de hombros sin apartar la vista de aquel soldado de impecable aspecto, barba rasurada y rostro ajado por arrugas que, como tatuajes indelebles, decían más cosas de las que nadie pudiera contarle.

—Mi relación con la realidad se limita a planos, piedras y fortificaciones —concluyó—, así que por lo que a mí respecta, visto un militar, vistos todos.

—Pues que sepa usted que está en presencia de una leyenda, Ricaud. En el 42 iba al mando de una fragata de tan solo 30 cañones que hacía la travesía de la Habana a Matanzas, cuando un bergantín y una fragata inglesa le cerraron el paso. Al avistarlo, y a pesar de la inferioridad, Velasco no lo dudó y ordenó abarloar la fragata con la intención de cañonearla a corta distancia primero y abordarla después, cosa que consiguió tras una sangrienta batalla. Inmediatamente después de arriar la Union Jack, y para sorpresa del otro buque, que por navegar a barlovento se creía a salvo, el capitán ordenó virar por redondo para meter la proa delante del inglés, logrando, en tan solo dos certeros impactos, hundir el bergantín y entrar en La Habana con los dos barcos apresados y un número de prisioneros que casi duplicaba al de su tripulación.

—Pues espero que Dios siga de su parte —espetó Ricaud mientras Velasco se sentaba junto a Tabares—, porque lo vamos a necesitar.

—Si todo dependiera de él tendríamos alguna posibilidad de sobrevivir —susurró el comisario con sonrisa aviesa mientras alzaba la ceja para reclamar la atención hacia Prado, quien seguía andando de un lado a otro con gesto serio—, pero ya sabe aquello de qué buen vasallo si tuviese buen señor.

—¡Está bien! —la voz del gobernador resonó seca y apagada, acallando de inmediato el rumor de conversaciones—. Hoy mismo mandaré una balandra a La Florida solicitando refuerzos. Mientras tanto, nuestro objetivo será resistir hasta su llegada con la esperanza de que Dios repita lo de Cartagena de Indias y les mande a esos herejes una epidemia de fiebre amarilla, así que...

—¡Esconderse no es propio de hombres de cuyo valor nadie puede dudar!

Sintiendo un aldabonazo en las sienes, Prado se giró violentamente, encontrándose con la mirada decidida de Julio Velasco.

—¿Como dice, capitán?

—Que si la razón para agazaparse como un conejo es la falta de valor y gallardía, no tema su excelencia, pues de eso los españoles vamos servidos.

Acomodándose de nuevo las manos en la espalda para evitar que los presentes vieran cómo le temblaban de ira, Prado se acercó hasta Velasco, quien aguardaba tamborileando sobre la mesa con el mentón ligeramente elevado hacia el gobernador. Muy Bernardo, apreció Hevia.

—¿Y qué sugiere?

—Atacar.

Un silencio espeso y envolvente pareció invadir la sala capitular unos instantes, rompiéndose de golpe por la abrupta carcajada de Prado, tan ruidosa como artificial. Antes de responder, el gobernador echó un vistazo a los rostros del resto de miembros de la Junta mientras tomaba nota mentalmente de los pocos que, con gesto apenas imperceptible, parecían darle la razón a Velasco.

—Desventurada propuesta la de pelear cuando el enemigo nos cuadriplica.

Ahora el que rio fue el capitán.

—Todo número es interpretable, gobernador, y los que usted da solamente implica que tendremos que matar a dos manos.

Al terminar la frase, Prado se paró en seco, fijando la mirada a un punto indefinido entre Velasco y la ventana, donde se recortaba la silueta del Morro.

—Usted es el héroe, Velasco —dijo al cabo de unos segundos—, y como no seré yo quien impida que se escriba su nombre en la lista de caídos por la patria, le asigno la vanguardia de la defensa en el castillo del Morro.

La decisión de Prado congeló por un instante el aire de la Junta; todos eran conscientes que, por su estratégica posición en la bahía, el Morro sería la fortaleza más sufrida en caso de ataque, algo que no parecía preocupar a Velasco a tenor de su gesto y la media sonrisa que dedicó al gobernador.

—Doy por hecho que para ello cuento con la escuadra destinada en la bahía.

—¡Su optimismo es innato, capitán! —bramó Prado—. Bien conoce usted la continuación de socorros de parte de nuestra flota con la que el rey procura defender los dominios de Veracruz y Jaqua de cualquier insulto, pero no se preocupe de la bahía, ya me he encargado personalmente de asegurar su colapso con el hundimiento del *Neptuno,* el *Asia* y el *Europa.*

Al escuchar aquello, Velasco no pudo reprimir una mueca, como si un retortijón le atravesara de parte a parte. Sintiendo las miradas de Hevia, Ricaud y el resto de hombres que, fieles a su principio de obediencia, bastante tenían con buscar cada cual sus motivos con los que acallar pensamientos e inquietudes —el rey, su patria, una bandera forjada con sangre como la suya o un sueldo miserable, poco importaba a esas alturas—, se levantó con estudiada parsimonia y, tras toser un par de veces para aclararse la garganta, dio un paso hacia delante, colocándose a menos de una cuarta del gobernador.

—Destinar tres navíos del rey con 190 cañones a matar peces bajo el mar me parece un error que bien nos puede costar la isla, gobernador.

—¡Usted limítese a defender el Morro con la misma osadía con la que demuestra las opiniones, Velasco! —espetó Prado mientras alzaba un dedo admonitorio al rostro del capitán—. Y si por casualidad mis veinte años de experiencia sirvieran para acertar con la defensa, quizá más adelante le pida explicaciones por este desplante en un lugar, digamos, más apartado.

—Lo que me inquieta, gobernador, es que sea yo el que tenga razón y que sin el debido socorro de la flota, junto a la nula defensa que se ofrece desde La Cabaña, el Morro termine asediado por tierra y mar —respondió Velasco, más atemperado, aunque a nadie le pasó inadvertido cómo una mano se deslizaba hacia su sable.

Prado sonrió, esta vez sinceramente.

—En ese caso —dijo el gobernador antes de girase sobre sí mismo para abandonar la sala—, retomaremos esta conversación después de muertos.

***

Castillo de los Tres Santos Reyes Magos del Morro, 1 de julio de 1762

Apoyado en la garita del baluarte de Austria, Julio Velasco observaba en silencio el violento impacto de las olas rompiendo contra el peñón elevado sobre el que se erigía el imponente castillo del Morro, a la vez que el sargento mayor, Bartolomé Montes, ofrecía el parte diario acerca del estado de la tropa después de 17 días de asedio británico. A su lado, el capitán Vicente González-Valor de Bassecourt comprobaba la evolución de las obras de reparación en las cortinas más dañadas por los cañonazos que, con puntualidad inglesa, resonaban cada día tanto a la salida como a la puesta de sol, mientras a su derecha, la maestranza del arsenal se azacaneaba en macizar la puerta del castillo con el propósito de dejar la vía marítima como único canal de comunicación con La Habana, a través de la cual se iban arriando e izando cada noche víveres y hombres por los pescantes de los botes que se habían desmontado de otros navíos.

—La munición —continuaba Montes—, aunque escasa, permite emplear los 64 cañones contra los 140 de la flota enemiga, y el estado físico de los 700 hombres que todavía pueden respirar por sí mismos es aceptable.

Velasco asintió mientras se giraba hacia el otro extremo de la bahía, donde se recortaban al sol los restos del castigado fuerte de La Chorrera, de cuyos muros aún se desprendían, un día después del asalto inglés, espesas volutas de humo que la brisa traía hasta el camino de ronda junto al familiar hedor a pólvora y muerte.

—¿Y de moral? —preguntó de repente González-Valor de Bassecourt.

Montes se volvió hacia el capitán del *Aquilón* y se lo quedó mirando unos instantes, pensativo. De sobra era conocido el buen ánimo del navarro, cuyo valor demostrado en sus labores de correo entre la península, Antillas y Tierra Firme le había servido para ser nombrado caballero de la Orden de Santiago.

—Bueno, eso va según la vista de los baluartes —concluyó Montes—. Al fin y al cabo, estar a 22 pies sobre el nivel del mar hace que uno no necesite a nadie para saber lo que se está cociendo a su alrededor.

Velasco no pudo reprimir una sonrisa al escuchar al sargento mayor. El castillo del Morro era un polígono irregular situado sobre el peñón más alto de la isla que se ajustaba a una larga lengüeta que salía del mar y daba paso al puerto, bien protegido por casi todos los flancos: en el frente de tierra tenía una cortina y dos medios baluartes asimétricos, el de Austria y el de Santiago; por el canal de entrada al puerto, otra cortina unía el baluarte de Tejada con las batería de la Estrella y la llamada de los Doce Apóstoles, resguardados por murallas quebradas que abarcaban 793 pies, mientras que por la costa, una plataforma y otras murallas irregulares cerraban las defensas, convirtiendo el castillo en una fortaleza prácticamente inexpugnable, pero con un único punto débil: la loma de La Cabaña, un cerro situado a la espalda del castillo que la inoperancia de la Junta había concluido dejar sin defensa, circunstancia que los ingleses aprovecharon para colocar la mañana anterior tres baterías a menos de un tiro de mosquete de distancia de la puerta de entrada, augurando un inminente ataque que, una vez destruidas La Chorrera y el Torreón de San Lázaro, de seguro sería apoyado desde el mar, lo que supondría la definitiva caída del Morro. Y con él, bisbiseó el capitán, toda La Habana.

No había terminado la revista Montes, cuando un estampido sordo resonó en todo el castillo, haciendo temblar sus almenas. Mientras a lo lejos se escuchaban gritos de «¡Fuego, fuego!», los tres hombres abandonaron el baluarte a la carrera, cruzaron la cortina unida por dos flancos acasamatados y llegaron hasta la batería de los Doce Apóstoles, donde el capitán Párraga ya se afanaba en arengar a los artilleros que se agrupaban en torno a la docena de cañones encargados de defender la bahía. Al ver a Velasco, Párraga se acercó hasta ellos y, tras cuadrarse, dio parte de la situación.

—Cuatro navíos disparando a lo que dan—dijo mientras señalaba con el dedo la bahía, en cuyas aguas se reflejaban las siniestras siluetas de las fragatas aproximándose a la costa con el viento a favor.

Tras un rápido análisis de la situación Velasco ordenó a Párraga, Montes y Valor de Bassecourt a cubrir los flancos, mientras él lucharía en el frente, donde el fuego era más crudo. Justo cuando las andanadas más violentas caían sobre el patio de armas, el capitán se ajustó el sombrero y, en una demostración natural de gallardía y temeridad, anduvo erguido por las troneras bajo el silbido de los cañonazos enemigos hasta alcanzar la posición de los artilleros, a quienes regaló un recio «¡Caballeros!» a modo de saludo, y apuntó el catalejo hacia los barcos, en cuyos costados relucían sus nombres: *Naur, Cambridge, Stirling Castle* y *Marlborough,* cuatro gigantescos navíos de hasta 70 cañones de 24 a 36 libras repartidos en dos puentes.

—¡Vive Dios que me place ver una batalla tan desigual! —aulló Velasco con voz atronadora, asegurándose de que todos sus hombres lo escucharan mientras mostraba una sonrisa lobuna— ¡la de 12 apóstoles contra solo 300 herejes!

Y a una orden de su capitán, atronaron los cañones del castillo de los Tres Santos Reyes Magos del Morro.

Al atardecer

Con la vista fija en el reguero de espuma que dejaban los cascos ingleses al largar las bolinas de mayor y de gavia para asegurar las pocas velas que aún les quedaban intactas, Antonio Castejón aspiró el poco rapé que le quedaba sin poder creerse que, tras más de seis horas de combate, el aspa de Borgoña aún siguiera flameando al viento. Aún con la cabeza abotargada por el eco del retumbar tintineante del escapulario de la Virgen del Carmen que siempre tenía colgada en su tronera —el murciano era de los pocos que sabía sacar doble partido a una medalla: para que lo protegiera y para saber la dirección del viento—, se limpió la nariz mientras a su espalda aún se escuchaba el crepitar de las llamas devorando los muros del baluarte de Austria y miró a la derecha, donde un grupo de artilleros descansaba a la sombra, bebiendo las frascas de vino con las que el mismísimo Velasco los había obsequiado en agradecimiento por su buena puntería a la hora de colocar el mejor plomo procedente de las fábricas de Liérganes y La Cavada entre los palos de las cuatro navíos ingleses que, seriamente maltratados, finalmente se veían obligados a regresar a su flota con menos mástiles y marineros de los que trajeron: el *Cambridge,* por ser el que más se acercó al Morro, terminó recibiendo más hierro del que hubiera en todo Vizcaya, lo que a punto estuvo de costarle el irse pique de no ser por el *Marlborough,* que lo tomó a remolque; por su parte, al *Namur* le duraron los palos lo que un padrenuestro, quedando muy pronto a la deriva, mientras que el *Dragon* también fue repelido, si bien después de hacer daño considerable en las cortinas. Por último, el *Stirling* pudo separarse ileso al no entrar en batalla —*It look so bad,* o algo parecido, dirían desde cubierta mientras veían retirarse a los otros con las velas agujereadas—, lo que de seguro habría costado a esas horas el puesto a su capitán.

En ese instante, una campana llamando a vísperas interrumpió sus pensamientos. Cansado, pero razonablemente satisfecho, Castejón echó un último vistazo a las nubes que parecían deshilacharse en el juego de claroscuros del atardecer y, arrullado por la marea que iba trayendo hasta las rocas restos de las embarcaciones de la gloriosa Army, que el diablo guardara en el fondo del mar muchos años, abandonó la batería por las escaleras donde ya se empezaban a distinguir con nitidez el murmullo de las oraciones al ritmo marcado por el padre Enríquez.

***

29 de julio de 1762

El ruido de un vaso estrellándose contra la pared resonó en la sala capitular del Morro, cuyas grandes cortinas dejaban pasar una luz tenue que difuminaba los rostros del capitán Zubiria, de Bartolomé Montes y de Valor de Bassecourt, reunidos de urgencia por Velasco para informarlos sobre el contenido de la carta que acababa de recibir de la Junta de Defensa.

—Malas noticias, presumo —conjeturó Zubiria, aséptico. A diferencia de Bassecourt, su natural escepticismo hacía que ya nada le sorprendiera.

Antes de responder, Velasco se tentó la herida leve en su brazo izquierdo, provocada por un balazo recibido durante el enésimo fracaso inglés de invadir el castillo, miró el trozo de papel y luego alternativamente a sus hombres de mayor confianza, regresando de nuevo a la misiva firmada personalmente por el gobernador como respuesta al correo en el que se detallaba la delicada situación del castillo por quedar unos pocos cañones activos, circunstancia conocida y aprovechada por los ingleses para iniciar los trabajos de colocación de varias minas, con la intención de volar los merlones que daban a tierra.

En total, tres folios detallando los pormenores que Prado se limitó a reducir a una línea, tan somera como directa: «Hagan lo que la razón aconseje y exija la patria».

—En la Junta hay sobra de pusilanimidad y falta de coraje —musitó Velasco con la mirada perdida mientras entregaba la carta a sus hombres.

Al leerla, Montes, Zubiria y Valor de Bassecourt intercambiaron sendas miradas. Los tres conocían demasiado bien a Velasco y su marcado sentido del deber como para no saber qué estaba pasando por su cabeza.

—Caballeros —continuó el capitán—, estamos destinados a escribir una hermosa página de la historia de España, así que habremos de estar a la altura de tal empresa. —Antes de volverse hacia la puerta donde le aguardaban las sombras del pasillo, fijó la vista por unos instantes uno por uno a sus hombres con un leve asentimiento, ofreciendo una mirada capaz de expresar mucho más que cualquier palabra—. Ordenen a las tropas que acudan a la capilla para que el padre les tome confesión y luego pasen revista.

Y dicho esto, Velasco abandonó la sala, perdiéndose entre las entrañas del Morro. Una vez solos, los dos capitanes y Montes estuvieron un buen rato callados, cada uno perdido en sus pensamientos, hasta que por fin Valor de Bassecourt soltó una carcajada que sacó al resto de sus ensoñaciones.

—Entretenidas jornadas se presentan —apuntó el navarro con una mueca. Ya peinaba demasiadas canas como para asustarse por un asedio donde solamente podía perder la vida, lo que no era otra cosa que, como él mismo solía decir, simples gajes del oficio—. Aunque quizás con demasiada sangre para mi gusto, sobre todo si es la mía.

***

30 de julio de 1762

Cuando Julio Velasco entró en las cocinas, una punzada de calor húmedo y pegajoso lo llevó a buscar un botijo entre los restos de los pucheros que se habían tenido que despedazar para emplear su acero como improvisadas bolas de cañón y bebió un poco de agua con la que poder apagar la inquietud que le producía la alarmante tranquilidad que desde primera hora se observaba en los alrededores del Morro.

—Demasiado tranquilo, de hecho —dijo a Vicente González-Valor de Bassecourt mientras miraba el reloj que, junto a un retrato del rey, decoraba la pared: la una y media.

—Bueno —arguyó el otro con una mueca—, quizá se hayan rendido. O no.

—La Britania será pérfida, Vicente, pero nunca evita el enfrentamiento. Yo…

Tres segundos. Eso fue lo que duró el estampido seco y brutal de la mina que hizo crujir los cimientos del castillo del Morro de este a oeste. Tratando de protegerse la cabeza de la caída de objetos y con los oídos colapsados por el estallido, Velasco salió de la despensa hacia el patio de armas, encontrándose con una espesa humareda en la que se podía adivinar un enorme boquete en la gola del baluarte de Tejada a través del cual se estaban internando una veintena de granaderos británicos armados con mosquetes.

—¡Que la guarnición se reúna en el lienzo noroeste! —bramó Velasco.

Y nada más terminar la frase, la tierra tembló de nuevo bajo sus pies.

***

Con la cara completamente ennegrecida, Antonio Castejón abrió de nuevo la boca para evitar que el estruendo del cañonazo que estaba a punto de disparar le afectara los oídos, aunque si miraba a su alrededor, se tuvo que confesar a sí mismo que una sordera sería poco castigo si lo comparaba con el centenar de casacas rojas que, a toda velocidad, se iban escurriendo por la brecha del baluarte hacia el patio con la intención de tomar el castillo palmo a palmo.

—¡Apunten!

A su espalda, el capitán Párraga gritaba como un poseso, yendo y viniendo por la batería de los Doce Apóstoles para mantener el ánimo de sus hombres frente al paisaje de gritos, sangre y desconcierto provocado por las minas inglesas que, colocadas bajo los pilares del baluarte de Tejada, habían hundido el castillo bajo una nube de humo oscuro que apenas dejaba ver algo a los artilleros.

—¡Fuego!, ¡fuego!, ¡fuego!

El estrépito de cañones resonando al unísono formó en el centro del patio un hongo negro de varios pies de altura, acompañado de una polvareda que hizo que a Castejón se le saltaran las lágrimas, obligándolo a buscar refugio tras la tronera. Mientras trataba de recuperarse del escozor en los ojos, varios de sus compañeros empezaron a celebrar la carga, desatendiendo a Párraga y su orden de ponerse a cubierto, cuando de repente, de entre la cortina de humo surgió una violenta andanada que se llevó por delante al capitán y a la mayoría de los artilleros.

—¡Jesús!

Disparos y más disparos por todos lados, de este a oeste y de norte a sur. Apoyado aún en la pared, Castejón se arrastró hasta la tronera y echó un vistazo: a pesar de la eficacia de la descarga, los ingleses ya habían alcanzado los baluartes, lo que les permitía dominar todo el castillo a excepción de la batería, donde los supervivientes se iban arremolinando en torno a la bandera que, milagrosamente, seguía rasgando el viento bajo un insoportable hedor a sangre caliente y cuerpos mutilados. Antes de incorporarse al grupo, se detuvo frente al movimiento oscilante del escapulario de la Virgen del Carmen que colgaba de la tronera y besó la imagen.

—Guárdame un sitio para cenar, guapa —dijo mientras se santiguaba—, que de esta no me salva ni Judas Tadeo.

Fue entonces cuando se le ocurrió: su último gran verso. Sintiendo cómo las musas le daban un último aliento, sacó del cinto una navaja y, bajo la atenta mirada de la Virgen, comenzó a hacer pequeñas incisiones en la piedra al ritmo que le marcaba la inspiración.

Parapetados en la unión de la tierra con las peñas, una treintena de españoles permanecían en dos filas con las mechas de los mosquetes encendidas y las bandoleras vacías ya de pólvora y pelotas a la espera de la orden de Velasco, quien permanecía erguido todo lo largo que era, ignorando el silbido de las balas que arreciaban en todas direcciones, con los dientes apretados, los músculos más tensos que una vela sobre la jarcia y dos convicciones: la de ser un hombre temeroso de Dios y de que la bala que estuviera destinada para él habría de encontrarlo de pie, tal como había vivido.

—¡Disparen!

La ráfaga de disparos fulminó a una decena de casacas rojas que de inmediato fueron sustituidos por el doble de hombres, respondiendo al fuego español con repiqueteo de fusilería, relampagueos y escopetazos que ahumaban aún más el ambiente, ya de por sí irrespirable por la pastosa mezcolanza de sudor, pólvora y sangre desparramada por todos sitios.

—¡Retrocedan en formación hacia la bandera! —ordenó Velasco.

Con la disciplina que otorgaba la desesperación, la gente que aún podía andar se fue replegando espalda con espalda, mientras las hordas inglesas, al ver que los españoles carecían de munición, avivaban el fuego de punta a punta, matando de una tacada a los capitanes Zubiria y Mozavari y al teniente Rico, cuyo hueco fue ocupado de inmediato por Velasco para ayudar a Montes en su refriega contra tres pelirrojos que lo habían rodeado, y a quienes largaron entre los dos una decena de estocadas que los cruzó de parte a parte.

—¡En formación! —bramó mientras se acercaba a Bassecourt, quien lo miraba con la resignación de quien ya se sabía muerto—. Vicente, si yo caigo, haz cuenta de nuestra bandera —dijo mientras señalaba con el dedo la bandera coronela blanca con la cruz de Borgoña—¿Entendido?

Así, sin mediar más palabras, ambos hombres se integraron en el grupo que se agrupaba como podía en torno a la bandera, dispuestos a luchar por una patria que en aquel momento se circunscribía únicamente a su propia piel y a un sentimiento instintivo de supervivencia, todo ello bajo un cielo negro de mosquetería inglesa que no lograba acallar los gritos de odio, locura y rabia de una docena de hombres dispuestos a matar antes de morir.

Después de retirar a una esquina el cuerpo malherido del capitán Velasco por un balazo en el costado, Vicente González-Valor de Bassecourt se tocó la alianza que desde hacía quince años llevaba en la mano derecha. Nunca se había considero supersticioso, pero darle vueltas a aquel anillo era una especie de ritual que le daba otra perspectiva a lo de jugarse la vida; al fin y al cabo, pensar que su sangre contribuía a un mejor futuro para sus hijos era una excusa tan buena como otra cualquiera para no perder la razón en medio de aquel infierno, muy parecido al que ya vivió en el cabo Sidé, cuando venció al almirante Mathews a base de coraje y mucho intercambio de plomo, hasta lograr que el hereje regresara a casa con el palo de mesana entre las piernas; pero en aquella ocasión, Dios, la suerte o el destino estuvo de su parte, un favor que no parecía que fuera a repetirse en la batería de los Doce Apóstoles, cuyo suelo permanecía oscurecido bajo el intenso humo que amenazaba con explotarle los pulmones, crujiendo bajo el retumbar del intenso escopeteo que se ahogaba entre los alaridos de la decena de hombres desarmados que a su alrededor aún luchaban con piedras, dagas y hasta con sus propias manos.

Con las manos desolladas de tanto matar, los ojos enrojecidos del mismo humo de pólvora que le tiznaba la cara y ensordecido por los cañonazos y el continuo redoble del tamborilero que, contra todo pronóstico —un chico con más granos que horas de batalla y que no debía tener más edad que su hijo mayor—, aún continuaba intacto, Valor de Bassecourt se liberó del inglés que lo atosigaba y alzó el sable en una mano con la intención de reagrupar a los suyos, pero una severa descarga asoló el parapeto, apagando en seco el familiar toque de tambor a su espalda. Al girarse, vio que detrás de él ya habían caído todos, incluido el mástil donde hasta ese momento había flameado la bandera y que ahora se encontraba sobre las manos ensangrentadas del murciano Castejón, quien al ver caer la enseña se olvidó del balazo en el muslo para lanzarse sobre ella en un agónico esfuerzo para que no tocara el suelo.

En ese instante le dio un vuelco el corazón. Sin pensar en nada que no fuera cumplir la última orden que le dio Velasco, el navarro parpadeó un par de veces y, dejándose imbuir por una vaga sensación de lucidez, auspiciada por la locura del momento, se acercó hasta Castejón, quien permanecía en el suelo rasgando en tiras su camisa para hacerse atropelladamente un torniquete.

—¡La bandera, rápido! —ordenó.

Al ver que el otro estaba demasiado aturdido para reaccionar, Valor le quitó de un manotazo la bandera y, mirando de reojo al par de casacas que se acercaban hacia él, pegó dos zancadas para encaramarse por los restos del muro en dirección al asta con la enseña entre los dientes, mientras en el suelo resonaba el rumor confuso de los disparos con el que los ingleses estaban rindiendo al resto de supervivientes. Ajeno a todo lo que no fuera su objetivo y con los músculos tensados al máximo, recorrió los pocos pies que lo separaban del asta y con una energía que no detuvo ni el par de balazos que le atravesaron primero el hombro y luego el vientre, logró engancharse al palo para anudar el estandarte.

—Lo que yo decía —bisbiseó mientras se dejaba caer sobre el charco de su propia sangre—: gajes del oficio.

Y un instante antes de que una zarabanda de disparos le descerrajara la cara al tratar de incorporarse, una suave brisa hizo ondear la enseña nacional.

***

Entrada del Castillo del Morro, 14 de agosto de 1762

—A pólvora y muerte —sentenció con frialdad lord Albermale, mientras observaba a los pies del castillo del Morro los desperfectos que las minas habían producido en sus muros—. Eso es a lo que huele ahí dentro.

Mudando de color, el coronel Howe se mordió la lengua al escuchar el reproche del conde de Albermarle por su comentario sobre los malos olores. A su lado, el almirante Pocock miraba la escena, divertido; hacía muchos años que conocía al lord inglés, un militar de carácter estricto —así lo atestiguaba su indumentaria a pesar del calor sofocante: chaqueta azul, camiseta de lana, blusa blanca, calzas unidas por un fino cordón, capuz y sombrero— y trato exquisito con aquel que lo mereciera, ya fuera británico o enemigo.

—Y ahora, caballeros, entremos antes de que este calor acabe conmigo y tomemos posesión de la isla de una maldita vez —espetó, malhumorado.

Al poner un pie en el Morro, Abermale por fin pudo suspirar aliviado; la entrada al castillo que tanta sangre había costado refrendaba definitivamente la toma de La Habana. Siguiendo sus pasos, una docena de altos mandos, todos vestidos con sus mejores galas, se adentraron en la fortaleza por el acceso que daba al canal del puerto, flanqueado a la derecha por un glacis que dificultaba la bajada al foso, mientras a su izquierda, la contraescarpa se extendía paralelamente a la línea de frente de tierra, donde la cortina que unía los baluartes de Tejeda con el de Austria se encontraba desmoronada, en contraste con la que unía esta con el baluartillo de Santiago, prácticamente intacta. En la misma banda, pero a una altura inferior, regueros de sangre seca alfombraban los restos de las baterías de la Estrella y los Doce Apóstoles.

—Aquí llovió mucho hierro —dijo Howe al ver el deplorable estado del castillo.

—20 000 entre proyectiles, bombas y balas de cañón —apuntó Pockoc.

—¿Tanto? Por Dios que estos españoles son difíciles de matar.

Pockoc se quedó mirando al general un instante, perplejo. Howe era el capitán del *Pocurpine,* uno de los navíos enviados desde Nueva York para reforzar el asedio después de que las minas ya estuvieran colocadas, lo que a juicio del almirante convertía cualquier comentario de aquel hombre en *hot air.*

—No sé si más o menos, pero los que han estado aquí luchando desde el primer día aseguran que aunque solo fueran un millar, por su manera de luchar parecían 1000 infantes, 1000 caballos ligeros, 1000 gastadores y 1000 diablos.

Mientras el resto de oficiales se detuvo en el patio de armas para seguir conversando sobre los pormenores del asedio, lord Abermale continuó el recorrido, llegando finalmente a una de las baterías, en cuyos muros se había impregnado el inconfundible olor a pólvora. Lentamente se fue deslizando por los restos de los 12 cañones hasta alcanzar una tronera donde, para su sorpresa, oscilaba al ritmo de la suave brisa un escapulario en el que aparecía una de esas vírgenes a las que tanta fe profesaban los españoles. Al acercarse un poco más, vio que justo debajo de la medalla, y medio oculta entre manchas de sangre seca, alguien había labrado unas cuantas palabras en la roca. Dejándose llevar por la curiosidad, buscó los anteojos en el bolsillo interior de la casaca y con su español rústico empezó a leer aquellas dos líneas que por un instante helaron el corazón del inglés.

Al Morro, más no a Velasco
lograste rendir, ¡oh, inglés!
Antes un mundo rindieras
que un soldado como aquel.

A. C.

Y mientras en ese instante comenzaban a resonar en La Habana las primeras salvas para celebrar la toma de la isla, lord Albermale se quitó el sombrero para hacer una respetuosa reverencia hacia el mar, como si en el eco lejano de las olas el mismísimo espectro de Julio Velasco siguiera ordenando virar por redondo en busca del enemigo.

* * *

Madrid, 15 de agosto de 1762

Mientras la fachada del Palacio Real amanecía bañada por una luz sonrosada que le confería un aspecto etéreo, en su interior Carlos III ahogaba un lamento, mientras a su espalda Fernando de Monferrato tragaba saliva con dificultad.

—Así que ha caído La Habana.

El napolitano asintió lentamente. Ambos llevaban años compartiendo alegrías y sinsabores en aquella capital fría y de rígidas costumbres, pero nunca había apreciado tanta preocupación en el rey, aunque era comprensible: la pérdida de Cuba resultaba un durísimo golpe para la corona, no solo en el aspecto económico sino por la demostración de debilidad que podría poner en peligro incluso la plaza de Manila.

—El gobernador Prado capituló el día 13 —confirmó con un hilo de voz—. Tanto a él como a la Junta se le ha iniciado un consejo por su mala planificación.

—¿Pérdidas?

—Tres mil muertos y un 20 % de los navíos de línea más nueve barcos, a lo que hay que sumar otros dos que se encontraban en los astilleros. En cuanto a bajas relevantes, hemos de lamentar la muerte del capitán Julio Velasco.

—Velasco… me suena ese nombre.

—Seguro que lo recordáis. Era un montañés por cuyo valor demostrado en varias ocasiones le otorgasteis el mando del *Reina*.

—¡Ah!, ya lo recuerdo. Un hombre valiente, sin duda.

—Arrojo reconocido por su majestad y también por el enemigo, pues solo así se entiende que el mismo lord Abermale, al enterarse de que Velasco había resultado herido, llegara a ofrecerle la asistencia de sus propios médicos, si bien el capitán optó por ser conducido a la plaza, donde fue tratado por los nuestros de una herida que, a pesar de no ser mortal, se complicó con una fiebres que finalmente acabaron con su vida.

El rey asintió lentamente, revoloteando un pensamiento.

—¿Murió solo?

—Expiró rodeado del marqués del Real Transporte, del de La Colina, de su sobrino alférez de navío Muñoz de Velasco y otros amigos.

—Bien. No es cristiano que un buen español muera en soledad, y más si se batió con la braveza que corresponde a un hombre de honor.

—Toda la oficialidad y la guarnición obraron con tanto desprecio de la vida, como ambición tuvieron de dar un glorioso día a las armas del rey, y solo cuando se vieron descabezados de capitanía se abocaron a la bandera blanca, aunque sin menoscabo de la honra de España, como demuestra que tras el fallecimiento del capitán Velasco se detuvieran los fuegos desde el alba hasta la noche para que los españoles pudieran enterrar a su héroe en el convento de San Francisco, donde acudió el mismísimo Abermale para rendir honores al hombre que él mismo calificó como el capitán más bravo del rey católico.

Carlos III empezó a caminar despacio mientras observaba cómo el sol se abría paso en un cielo poblado de nubes, lo que le entendió como una señal.

—Uno rodeado de muchos —bisbiseó—. Y ahora, Monferrato, reúna a los mandos de la Marina; hemos de recuperar La Habana.

La memoria de los espejos

Xuan Folguera

Durante el verano del año 1868, casi nadie utilizaba ya en Europa la técnica del daguerrotipo. La mayoría de los fotógrafos lo consideraban un método tan obsoleto como costoso.

Sin embargo, en los polvorientos caminos de aquella España que se dirigía hacia el final del reinado de Isabel II, cualquier viajero aún podía cruzarse con algún desfasado daguerrotipista ambulante que, como Pascual Expósito, todavía intentaba sobrevivir guardando imágenes en el interior de placas de cobre bruñido, tan pulidas que a casi todo el mundo le parecían espejos.

***

Pascual Expósito había aprendido el oficio de la daguerrotipia gracias a *monsieur* Touchard, un viejo francés, borracho y cascarrabias, que presumía de haber sido discípulo del mismísimo Daguerre, aunque lo más probable es que ni siquiera hubiera sido capaz de terminar de leer la edición rústica de la *Exposición histórica de los procedimientos del daguerrotipo y del diorama* de Hysern y Molleras que llevaba en su maletón desde que se la compró a un ropavejero de Valencia por la considerable suma de 12 reales de vellón.

Aunque no afecte demasiado a lo sustancial de la historia, es posible también que, tal vez, *monsieur* Touchard ni siquiera fuera francés.

Pascual Expósito se cruzó con *monsieur* Touchard en el hospicio en el que apaleaban a su infancia.

El francés había llegado allí enviado por el inevitable azar. Seguramente, tan empachado de vagabundear por los caminos sin encontrar un cliente al que inmortalizar en un daguerrotipo, que decidió enseñar los arcanos fundamentos de la cámara oscura a cualquiera que pudiera pagarle unas desinteresadas monedas.

Gracias a su palabrería, el francés logró convencer a los monjes que regentaban el hospicio para que le permitieran hacer una demostración. A pesar de que, según explicó, la cámara oscura era un invento ideado por un infiel aunque muy piadoso sabio árabe de la corte del califa Harum al-Rashid, su ejercicio bien podía convertirse en un oficio con el que, muy pronto, cualquiera de los huérfanos podría ganarse el pan en un futuro.

Aunque reticentes —no sabían cómo podría acabar aquella demostración—, los monjes permitieron a *monsieur* Touchard que recubriera los ventanucos de uno de los dormitorios con hábitos viejos de color pardo y que colocara, justo en la pared de enfrente, la sábana de un huérfano. El —de nuevo— inevitable azar, dictaminó que precisamente fuera la de Pascual Expósito.

Monsieur Touchard pidió a todo el mundo que apagaran las llamas de las velas y, después de unos cuantos soplos fallidos, la habitación, por fin, quedó casi a oscuras. La única luz que se mantuvo fue un hilo rectilíneo que entraba por un pequeño agujero abierto a propósito entre las bastas mantas de las camas con las que taparon los ventanucos y que, al chocar con la sábana blanca de Pascual Expósito, se convirtió en una imagen invertida.

—¡Oh! —exclamaron los huérfanos.

—¡Herejía, herejía! —clamaron los monjes.

La imagen que había conseguido captar *monsieur* Touchard —podíamos decir que casi de forma involuntaria— y que se reflejaba en la sábana, era la imagen invertida de la cruz de piedra que se erigía junto a la entrada del hospicio.

Para los monjes, sin duda, todo aquello no podía sino ser obra del Maligno. Aquel francés tenía que ser otro enviado masón descendiente de templarios adoradores del mismísimo Satanás. Siglos y siglos de vecindad ya habían dejado de manifiesto que nada bueno podía venir de más allá de los Pirineos.

Los monjes expulsaron a empellones del hospicio al buhonero francés. Más de uno se lamentó de que la Inquisición hubiera sido ya abolida. Lo echaban —intentaban justificarse—, sobre todo, por brujo. Pero el más viejo de todos añadió que también lo echaban por pelirrojo y por zurdo.

Después de cerrarle el portón del hospicio, lo abrieron de nuevo un instante para devolverle su desvencijado equipaje, más por miedo a lo maleficios que pudiera contener en su interior que por generosidad.

—Cuidado con los cristales —protestó en vano el francés.

Monsieur Touchard sacudió con cuidado la maleta para retirar el polvo y comprobó que, por suerte y a pesar del golpe, no se le había roto ninguna de las lentes.

Esa noche, en la oscuridad de su habitación, mientras recordaba la imagen de la cámara oscura y buscaba sin éxito la cruz invertida entre sus sábanas, Pascual Expósito decidió escaparse del hospicio. Se vistió a tientas, trepó hasta uno de los ventanucos por los que entraba temblorosa la luz de la luna y saltó con los brazos hacia adelante, como si intentara abrazarse a ella.

Pascual Expósito no era muy bueno ocultándose. De hecho, *monsieur* Touchard lo descubrió, al menos, durante dos noches consecutivas.

—Tú estabas en el hospicio —le dijo la tercera noche.

Le pidió que se acercara y, después de preguntarle si no le importaba abrir un momento la boca y de echar un vistazo a sus dientes —seguramente le pareció buena señal que el muchacho no tuviera ninguna muela picada—, decidió tomarle como aprendiz.

Los primeros días, *monsieur* Touchard enseñó a Pascual para que servían todos aquellos cachivaches que espachurraban los lomos de la mula. En cuanto aprendió a reconocerlos, el francés le enseñó la enorme diferencia que existía entre el daguerrotipo y el calotipo, esa otra forma de fotografiar mucho más barata que se estaba extendiendo por Europa y, poco a poco, también y por desgracia, por la atrasada España.

Monsieur Touchard aseguraba que el calotipo no era más que un trozo de papel y mucha palabrería. En cambio, con la daguerrotipia, se podía tomar el alma de las personas.

—Míralos bien —dijo el francés mostrándole un daguerrotipo—. Son espejos con memoria. Cualquier rostro, el de tu madre, el de tu esposa, el de tu asesino, cualquiera, aunque se trate del rostro más hermoso que hayas visto jamás, con el tiempo, dejarás de recordarlo. Sin embargo, gracias al daguerrotipo, conseguiremos retenerlo durante generaciones dentro de este espejo.

—Pero, maestro, el papel también lo permite.

—Tonterías. El papel se arruga, se moja, se rompe. No sirve. Es poco más que arena de playa. Sin embargo, el metal… —dijo y se quedó mirando al vacío. Después añadió—: *Memento mori, mon garçon*. Recuérdalo. Todos tenemos que morir. Pero por fortuna, para aquel al que le hayamos tomado un daguerrotipo, cuando muera tendrá su alma a salvo dentro de estos espejos.

Al principio, Pascual sentía respeto por todos aquellos trastos. Como un ser primitivo, antes de tocarlos por primera vez, los olía. Con el tiempo se atrevió apenas a acariciarlos, por miedo a que se rompieran. En una ocasión tomó uno de los frascos que utilizaba el francés y estuvo a punto de quitarle el tapón de corcho para olerlo, pero, en cuanto *monsieur* Touchard le descubrió, le dio una colleja.

—Ten cuidado, *mon garçon.* No lo inhales. Es mercurio. Es tan peligroso que por muy poco que respires acabarías tendido en el suelo, durmiendo durante horas. Pero eso no es lo peor: si te expones demasiado, te causará la muerte.

Como un hidalgo con su escudero, *monsieur* Touchard y Pascual Expósito recorrieron los pueblos de España buscando clientes para sus daguerrotipos. Pasaban la noche en pajares, en establos, en posadas en ruinas o incendiadas por las guerras o al raso, apenas cubiertos por mantas, junto a hogueras que encendían a un paso de unos caminos que pretendían ser rectos y sólidos y que con el tiempo se convertirían en las primeras carreteras nacionales.

A pesar del frío, Pascual prefería dormir a la intemperie antes que la incertidumbre de los pueblos. Cada vez que llegaban a uno, el viejo francés exageraba su acento fingido. Si por suerte conseguía una mujer con la que compartir el frío de la noche, Pascual Expósito dormía tranquilo; pero si, por el contario, el francés no encontraba ni siquiera a una mujer a la que convencer con monedas, lo acababa pagando el cuerpo de Pascual, que se convertía en el objetivo de todas sus patadas. Por suerte, Pascual aprendió a esquivarle y el francés caía borracho antes de que lo atrapara.

La mañana del día en que lo iban a matar, *monsieur* Touchard apagó con su orina el fuego frente al que habían dormido la noche anterior y, después de sentarse a fumar sobre una piedra, pidió a Pascual Expósito que se acercara.

—*Mon garçon,* ha llegado tu momento. Quiero que me retrates. Creo que ya estás preparado.

Pascual se lo había visto hacer a *monsieur* Touchard mil veces. Se situó frente al francés y, repitiendo la misma fórmula que le había oído tantas veces, le pidió que se mantuviera quieto. Tras algo más de tres minutos de exposición, sacó en un cuarto oscuro la placa de cobre bruñido del interior de la cámara, la reveló al vapor de mercurio, y después de lavarla con una solución concentrada de cloruro sódico, se la enseñó a *monsieur* Touchard.

Satisfecho tras ver el resultado, el francés soltó una ruidosa carcajada.

—Muy bien, *mon garçon* —dijo el francés—. ¡Has conseguido encerrar mi alma! A partir de este momento, seré inmortal. Si me ves envejecer a partir de ahora será porque ya no llevo el alma conmigo. Mira, la tengo escondida aquí. Aunque muera tampoco me pasará nada, porque mi alma continuará aquí. Pero eso sí. Tenemos que tener mucho cuidado para que no se rompa. No se pueden hacer copias.

—Es fabulosa la ciencia —dijo Pascual.

—No estamos hablando de ciencia, *mon garçon.* Estamos hablando de magia.

Horas después, al recordarlas, aquellas palabras le parecerían a Pascual providenciales. Esa misma noche, el francés confundió a la novia de uno de los mozos del pueblo con una prostituta y lo mataron a navajazos en una esquina de paredes encaladas. Alguien del pueblo debió de avisar a Pascual, que llegó a la taberna donde habían apuñalado al francés únicamente para escuchar sus últimas palabras.

—No te preocupes, *mon garçon.* Permaneceré siempre vivo dentro de aquel espejo. Si te concentras seguro que lograrás ver cómo te guiño un ojo.

***

Monsieur Touchard fue el primero de sus muertos. Aunque tardó muchas más muertes y algunos días de tortura en comprenderlo, Pascual Expósito tenía un don. Poco después de posar para a un daguerrotipo —por lo general bastaban apenas unas pocas horas—, todas las personas a las que retrataba caían fulminados por cualquier tipo de muerte. A veces, incluso morían familias enteras.

Pascual Expósito recorrió durante años los pueblos de España, extendiendo la epidemia a cualquier persona que pudiera permitirse un daguerrotipo. Como el precio de los daguerrotipos oscilaba durante esos años entre los treinta y sesenta reales por el cuarto de placa —a diferencia de los retratos en tarjeta que costaban entre ocho y cuatro reales, sin contar con el de las copias sucesivas que llegaba a reducirse hasta los dos reales—, sobre todo morían aristócratas y demás gentes de dinero que pudieran permitirse pagar el precio de la inmortalidad.

Si no hubiera sido así, si hubieran muerto como siempre los miserables, seguramente uno de los ministros de la reina no habría encargado la investigación de esas muertes al mismísimo hijo del marqués de Sariñana, quién, recogiendo pacientemente pruebas y desdeñando la racionalidad gracias a la lógica, descubrió que todos los fallecidos habían posado previamente para un daguerrotipo.

A pesar de su aspecto delicado y afeminado y de su afectación al hablar, el marqués de Sariñana no mostró ningún reparo a la hora de ordenar a sus hombres que torturaran a Pascual Expósito hasta que consiguieran que hablara. Sin embargo, Pascual Expósito no habló. Más que por valentía —los guardias le colgaron desnudo y por los pies de las vigas de un establo y le golpearon con una fusta de almendro que zurcía en el aire, deteniéndose únicamente para comprobar, acercando el oído, qué era lo que el muchacho murmuraba entre quejidos—, por desconocimiento. Hasta que el propio hijo del marqués de Sariñana se lo explicó, Pascual Expósito ni siquiera se sabía poseedor de su don.

Mientras lo torturaban, a Pascual Expósito lo único que parecía importarle era que, por culpa de la detención, se hubiera extraviado o roto el daguerrotipo de *monsieur* Touchard. De hecho, cada vez que perdía el conocimiento, Pascual Expósito soñaba con el francés. Se lo imaginaba acercándose y pidiéndole que buscara el espejo. Se veía buscándolo por todos los lados, por los maletones, debajo de las piedras, en el interior de una viga, pero nunca lo encontraba. Después, Pascual Expósito despertaba y veía de nuevo a los guardias zurciendo la vara en el aire.

—Está bien, muchacho. Tú ganas —dijo el hijo del marqués de Sariñana—. Todo lo que tú puedas contarme, yo ya lo he averiguado. Pero si quieres evitar este sufrimiento, tienes que hacer algo por mí.

—Lo que vuestra excelencia quiera —debió de murmurar. Aunque no está claro si fueron sus palabras literales.

La misión que le impuso el hijo del marqués de Sariñana a Pascual Expósito fue que daguerrotipara a su padre.

***

La casa del marqués de Sariñana estaba situada en el ensanche de Madrid, en uno de los primeros edificios construidos al albor del Plan Castro.

Después de asearle, de cortarle el pelo y de afeitarle, respetándole, por supuesto, las patillas, a Pascual Expósito le vistieron como a un lechuguino, con un pantalón más ancho de los que solía llevar, planchado marcando la raya, y una de esas chaquetas más cortas, amplias y cómodas que la levita que llamaban americanas, con dos bolsillos laterales y otro en la parte superior izquierda en la que le colocaron un pañuelo. Cuando pudo mirarse en un espejo, más que elegante, se vio ridículo. Como si le hubieran disfrazado para burlarse de él.

Durante la cena, el hijo del marqués de Sariñana sentó a Pascual Expósito a la misma mesa que a su padre, a la amante de su padre, a un grupo de amigos que esa noche les acompañaba y a su hermana. Fue presentado a todos como un genio, como un artista, como alguien que tenía un extraño don en aquellos tiempos en los que la ciencia aún estaba naciendo. La hija del marqués de Sariñana lo observaba muy atenta. Pascual Expósito también la miraba. Como si deseara que permaneciera siempre en el interior de un daguerrotipo igual que estaba aquella noche, con aquel vestido azul, sin mangas, que dejaba sus hombros al aire, ese peinado con raya en medio, que Pascual Expósito ignoraba que estaba ligeramente desfasado de moda, y sobre todo, con aquella sonrisa entre tímida y desvergonzada que apenas se le dibujaba en la cara.

Intentó comer usando los cubiertos, igual que le habían enseñado en el hospicio, pero al sentirse ridículo, vigilado por el gesto interrogante de aquella mujer, fingió que no tenía hambre, se puso de pie y pidió permiso para retirarse a sus aposentos.

Excusándose en que no era conveniente daguerrotipar a la luz de las velas, Pascual Expósito pospuso el retrato hasta la mañana siguiente.

Le cedieron una habitación abuhardillada en la zona alta de la casa, retirada de la planta noble, en la que apenas cabía una cama. Aunque nada más acostarse cerró los ojos, a Pascual Expósito le costaba conciliar el sueño. Pensó en el extraño don que el hijo del marqués de Sariñana le había comentado que tenía. No se sentía capaz de daguerrotipar a nadie más. Una cosa era pedir que posaran delante de él para inmortalizar su alma y otra bien distinta ejecutarlos a conciencia.

Además tenía calor. Le estorbaran las sábanas porque no estaba acostumbrado a ellas. De hecho, después de unas cuantas vueltas, se tumbó en el suelo y no tuvo ya problemas para quedarse dormido. Seguramente por culpa del vino.

Volvió a soñar con el francés. Un sueño corto, del que creyó despertar enseguida. El francés le pidió que cogiera la cámara y le siguiera. Pascual Expósito obedeció, se levantó del suelo, salió de la habitación con la cámara a cuestas, bajó por las escaleras, caminó por el pasillo de la planta noble, entró en la habitación del hijo del marqués de Sariñana y, a oscuras, le daguerrotipó. Unos dicen que, a pesar de estar a oscuras, el retrato del hijo del marqués de Sariñana salió perfectamente. Otros que no, que el daguerrotipo salió completamente negro, pero que, a los efectos perseguidos, bastaba con la simple exposición. Algunos aseguran que Pascual Expósito permaneció dentro de su sueño, inmerso en alguna especie de sonambulismo.

Otros aseguran lo contrario: que estaba despierto, pero que se equivocó de habitación y que, en realidad, pensó que estaba dentro de la habitación del padre. Tampoco falta quien afirma que Pascual Expósito fue, en todo momento, plenamente consciente de dónde se encontraba.

El caso es que esa noche, Pascual Expósito volvió a huir. Se descolgó por la ventana, con el maletón del francés a la espalda y saltó de nuevo la tapia de un muro. Esta vez, sin la intención de abrazarse a la luna.

Pascual Expósito se escondió durante semanas, evitando aquellos polvorientos caminos que muy pronto se convertirían en carreteras nacionales. Huyó tanto, que ni siquiera le alcanzó la noticia de la muerte del hijo del marqués de Sariñana. No se detuvo hasta que no llegó a un pueblo de calles estrechas que se asomaba a un barranco. El pueblo no lo eligió por ninguna razón en particular. Simplemente le gustaba la profundidad del campo de olivos que se iniciaba a sus pies.

Por la mañana se acercó a la escuela y preguntó al maestro por el muchacho más espabilado del pueblo. El maestro debía de conocer muy bien a todos sus alumnos, porque el muchacho que le indicó tardo apenas unos minutos en aprender los rudimentos del daguerrotipo. Siguiendo sus instrucciones, Pascual Expósito consiguió que le daguerrotipara con el barranco de fondo.

Después de revelarlo y de sonreír al ver el resultado, Pascual Expósito arrojó al fondo del barranco el maletón del francés con todo el instrumental. Solamente salvó el daguerrotipo que acaban de hacerle y un frasco con nitrato de plata.

Después de regalarle al muchacho el daguerrotipo pidiéndole que lo cuidara, Pascual Expósito se sentó a la sombra de un melojo y abrió el frasco de nitrato de plata. Ni siquiera tuvo que aspirar dos veces para perder el conocimiento.

AUTORES

Ricardo Aller Hernández

(Murcia, 1977). Licenciado en Administración y Dirección de Empresas por la Universidad CEU San Pablo, es funcionario de la Administración General del Estado y de la Comunidad Autónoma de la Región de Murcia y director del programa de radio *IMAS Palabras* en Onda Regional de Murcia. Cultiva el género del relato, en el que destaca por haber recibido varios premios desde 2009, tanto en relatos históricos como de misterio y suspense, y en microrrelatos. Fue uno de los finalistas de la pasada edición de e-DitARX con su relato «El peso del uniforme», que fue publicado en 2015 en *Relatos en un reloj de arena (I)*. Próximamente publicará en esta misma editorial su primera antología: *Pequeños relatos para grandes enigmas*.

Miguel Enrique Alonso

(Caracas, 1946). Profesor universitario en Ciencias Químicas y Ecología, ahora jubilado, es escritor, y sus cuentos y relatos han merecido diversos premios en España y en Venezuela, países en los que han sido publicadas sus obras. Se dio a conocer en las letras españolas con su libro de cuentos *La Escalera en la Palma y otras ficciones,* publicado en Venezuela por la Universidad de Los Andes (Mérida, Venezuela). En la actualidad reside en Denia (Valencia).

José María Fernández Vázquez

(Sevilla, 1966). Doctor en Filología por la especialidad en Literatura Moderna y Contemporánea, ha compaginado la enseñanza en un instituto de secundaria con la docencia en la Universidad Pablo de Olavide. Ha publicado una treintena de artículos sobre literatura española en general y sobre teatro español del siglo XIX, destacando entre sus obras el ensayo *Aproximación al teatro español de la segunda mitad del siglo XIX* (2015).

Xuan FOLGUERA

(Avilés, 1974). Licenciado en Derecho por la Universidad de Valladolid, ha trabajado en la Administración de Justicia en varias ciudades. Su pasión por la literatura le llevó a formarse en varios talleres de escritura creativa y de relato breve, viendo publicadas sus obras en libros colectivos, fanzines y revistas digitales. Escritor y poeta, en el año 2010 publicó su libro de relatos *Historias de la Fortaleza,* con el que ganó el Premio Asturias Joven de Narrativa.

Rosa GARCÍA CACHÁN

(León, 1960). Licenciada en Biología y posee el título de Profesor de Piano y Solfeo. Es profesora del Coro y Orquesta del Cuerpo de Profesores de Música y Artes Escénicas en el Conservatorio Profesional de Música de Salamanca. Como escritora ha sido finalista en diversos concursos literarios, entre ellos el de nuestro I Certamen con el relato «Cambio de planes», que fue publicado en 2015 en *Relatos en un reloj de arena (I)*. En breve será publicada en e-DitARX su primera novela, *Triste España,* una obra intimista sobre los últimos años del hijo de los Reyes Católicos, Juan de Aragón.

Alegra GARCÍA GARCÍA

(Madrid, 1986). Licenciada en Historia del Arte y especializada en arte español y archivística, ha centrado sus investigaciones en el siglo XVI español y en la teoría y estética del arte del siglo XIX, siendo autora de varias publicaciones en revistas científicas y de divulgación. Ha trabajado en diversos museos y es cofundadora del proyecto de gestión cultural «Los Laberintos del Arte», dedicado a la difusión de la historia del arte dentro y fuera de los museos. Este es su debut como escritora de relatos de ficción histórica.

Ricardo GIRALDEZ

(Buenos Aires, 1970). Sus relatos han sido seleccionados para integrar diversas antologías en Argentina, España, Italia y Estados Unidos, habiendo colaborado con diferentes revistas literarias especializadas en los géneros de terror, fantástico y de ciencia ficción. Dentro de su producción narrativa cabe citar los fragmentos y aforismos reunidos en *El inadaptado* (2007), y su libro de cuentos *Idilios* (2012). En 2015 fue finalista de nuestro I Certamen con los relatos «El símbolo de lo enorme» y «Las voces mudas», publicando su primera novela en e-DitARX, *La fortuna o la muerte,* ese mismo año.

Viviana Miriam HERNÁNDEZ ALFOSO

(Rosario, 1966). Abogada de profesión, se ha formado como escritora y sus relatos han sido premiados en diversos concursos literarios. Además de varias obras publicadas en antologías, ha ganado premios en las categorías de cuento, relato histórico, relato breve y se halla en período de edición de un libro de cuentos titulado *Cuentos desde el fin del mundo,* que ha sido destacado con un accésit por la editorial Letras Cascabeleras.

Eugenio LÓPEZ ARRIAZU

(Buenos Aires, 1967). Tras su graduación como profesor de inglés, se doctoró en Letras en 2013. Ha realizado numerosas traducciones del ruso, inglés, francés y latín. Poeta, dramaturgo, narrador y ensayista, ha recibido premios y menciones en diferentes concursos. *Pushkin sátiro y realista, la influencia de la sátira en el realismo de Alexandr S. Pushkin,* está basado en su tesis doctoral y es su ópera prima a nivel ensayístico. Próximamente se publicará su primer libro de poesía, *La revuelta* (2016).

José Luis MOLINERO NAVAZO

(París, 1963). Licenciado en Sociología por la especialidad de Polemología (Sociología de la guerra), es doctor en Ciencias Políticas y Sociología y máster en Guion y Narrativa Audiovisual. En 2015, dirige y guioniza su primer documental que es galardonado con el premio *Experiencia TV* de Canal Sur Televisión. Como escritor de ensayo, tiene en su haber la publicación de una veintena de artículos científicos centrados en diversos aspectos de la historia y la sociología militar. Entre sus libros destacan *Educación para la Paz, Evolución y actores de los sistemas políticos* y *Politeia para el aula*. Ha sido ganador en varios concursos de microrrelatos y relatos y fue uno de los finalistas de nuestra pasada edición con la obra «El hombre de Castelnuovo», publicado en 2015 en *Relatos en un reloj de arena (I)*.

Carlos Ortega Pardo

(Albacete. 1983). Licenciado en Ciencias Políticas, a día de hoy reside en Valencia, donde se desempeña como profesor, traductor y realiza críticas de cine. *Giacomo,* su primera novela, se encuentra en el mercado desde 2014 y ha cultivado también el relato de género, el microrrelato y la poesía, viendo incluidas bastantes de sus obras en antologías y revistas literarias.

Ángel Revuelta Pérez

(Laredo, 1971). Licenciado en Geografía e Historia y máster en Historia Contemporánea por la Universidad de Cantabria, ha publicado varias monografías, logrando varias distinciones por sus trabajos de investigación, entre ellos el Premio Cabuérniga 2010, por su obra *Tres vidas una historia. Laredo en la Época Contemporánea.* Sus relatos han sido publicados en diversas antologías y ha ganado varios premios, entre ellos el Premio Literario del Consejo Social de la Universidad de Cantabria por su obra *Fronterizos* (2016).

José Joaquín Sachez García

(Campillo de Llerena, 1970). Es diplomado universitario en Trabajo Social. Obtuvo una beca a la creación literaria de la Junta de Extremadura y ha sido el director del corto *El regreso de Carlos*

(2012) y del documental *A golpe de costumbre,* seleccionado para el Festival Internacional de Cine Documental sobre Género (2012). Ganador de varios premios literarios en poesía, relato breve, de terror y microrrelatos, tiene publicado un libro de poesía titulado *La sonrisa del náufrago* (2011) y el poemario *El encanto del agua sucia* (2012).

Edgar SEGA

(Barcelona, 1975). Técnico de iluminación de teatro y escritor residente en Sabadell, es autor de numerosos cuentos, microrrelatos y relatos que giran en torno a la fantasía, el terror y la ciencia ficción, algunos de ellos seleccionados para formar parte de distintos libros y revistas.

Alfonso VILLAR GUERRERO

(Torreperogil, 1980). Licenciado en Filología Hispánica, reside en Alicante, donde se dedica a la enseñanza desde el año 2004. Tiene varios cuentos publicados en una antología de ciencia ficción y en medios digitales como la revista *Penumbria*. Como escritor ha publicado el libro de relatos *Cuentos fantásticos para un mundo en crisis* (2012) y la novela *El remo de Caronte* (2012). En la actualidad ha terminado su segunda novela y se encuentra inmerso en su siguiente proyecto literario.

Este libro se editó en abril de 2016

www.ingramcontent.com/pod-product-compliance
Lightning Source LLC
Chambersburg PA
CBHW050357030726
47503CB00006B/1903